アマンダ
カリスト
キール
ジェム
サーラ
Characters

オスカル
ニルス
デレシア

「振動の強弱も四段階となっていますので、ぜひ試してお好みの強さを選んでください」
「とてもいいな、これは……素晴らしいな」

無能と言われた錬金術師
～家を追い出されましたが、凄腕だとバレて侯爵様に拾われました～

2

shiryu illust. Matsuki

CONTENTS

無能と言われた
錬金術師
~家を追い出されましたが、凄腕だとバレて侯爵様に拾われました~

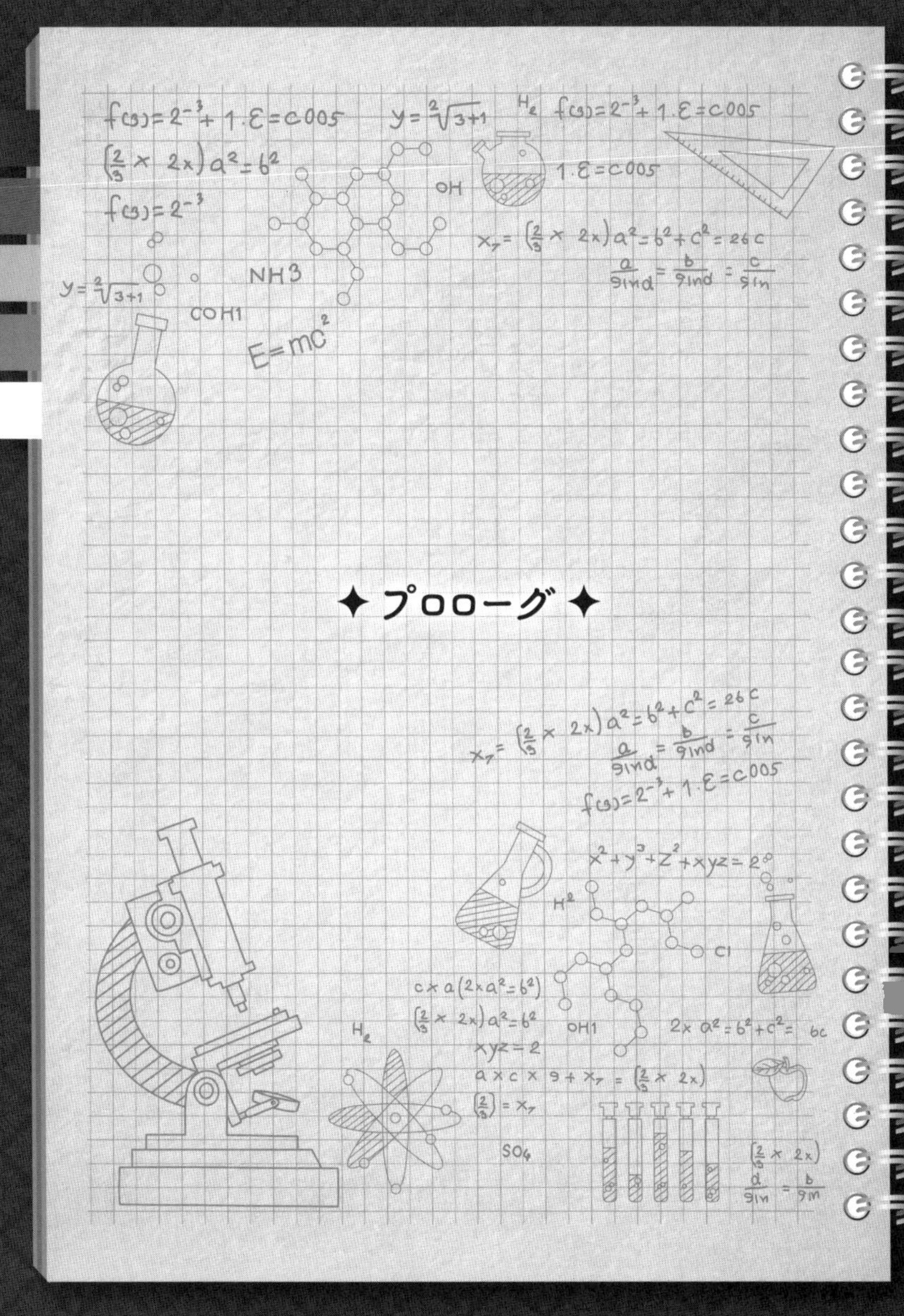

✦プロローグ✦

私は今、ファルロ商会の開発部で、ある魔道具を作っている。

開発部部長のオスカルさんと二人で作っていて、そろそろ完成しそうだ。

「アマンダちゃん、あとはその魔石を入れれば完成かな？」

「はい……入れました！　完成です！」

「いいね、あとは動くかどうかだ。早速試してみよう！」

「はい！」

私とオスカルさんはその魔道具を使ってみるために、お皿を複数用意した。

お皿は使用後の、かなり汚れているものだ。

それらを魔道具の中に入れる。

結構大きな魔道具なので、何枚も入れられるわね。

お皿を固定するように置いて、準備は完了だ。

「じゃあアマンダちゃん、魔力流して！」

「はい！」

オスカルさんに言われた通りに、私は魔道具に魔力を流し込む。

一度大きな魔力を流し込めば、魔石が反応して動くようになっている。

「お、おー、動いたよ！」

「ですね！　それにしっかりお皿が綺麗（きれい）になっています！」

「洗剤もしっかり落ちているし、成功だ！」

「はい！」

私とオスカルさんは共同開発で、全自動食器洗い機を完成させた！

前にファルロ商会の会長でもあり、ビッセリンク侯爵家の当主のカリスト様が、私の家でご飯を食べた後に「作ってもらった代わりに食器を洗う」と言って、手伝ってくれる。

商会の会長で侯爵家の当主のカリスト様に、食器を洗わせるなんてとても恐れ多いと思った覚えがあって……それなら魔道具で作っちゃおう、と思ったのだ。

そしてオスカルさんに話したら「面白そう、作ろう！」と言われて、数日をかけて全自動食器洗い機が完成した。

私とオスカルさんの共同開発なのでとても早く完成したし、食器もしっかり洗えているから大成功だ。

ただ……。

「水や泡が飛び散らないように、扉を付けないとだめだね」

「そうですね……」

どんな感じで食器が洗われるかの確認のために扉を付けていなかったのだが、案の定ビショビショになってしまった。

まあこれは想定内だ、商品にしたときに扉を付ければいいだけ。

「よし、これを商品化できないか、ニルスに聞いてみよう！」

「そうしましょう！」

私たちは全自動食器洗い機を持って、製造部部長のニルスさんのところに向かう。

オスカルさんはいつもニルスさんに事前に連絡せずに製造部の方へといきなり行くが、今日は私がすでに連絡してある。

だからそのまま二人でニルスさんが待つ製造部の部長室へ。

ただ……。

「ニルスー！　見て見てー！」

「オスカル……いつもドアをノックしろと言っているだろ！」

「えー、面倒じゃない？　開けたら僕が来たってわかるのに」

「普通は開ける前に名前を言うんだ」

「だから面倒じゃん」

「はぁ、本当にこいつは……」

連絡はしていてもニルスさんがオスカルさんを怒るのは変わらないようだ。

「あの、アマンダです。入っていいですか？」

「アマンダちゃん、逆になんで入らないの？」

「アマンダが普通なんだ！」

「いたっ⁉　開発部部長の頭を叩いちゃダメでしょ……！」

やはりこの二人は喧嘩をしているように見えても、なんだかんだ仲が良い。

ニルスさんも本気で叩いているわけじゃないしね。

それはそうと、私は持ってきた全自動食器洗い機をニルスさんに見せる。

「オスカルさん、言っていた魔道具はこちらです！」

「これか……」

「はい！　これを生産できるかどうか、判断してほしくて」

「そうか。だがその前に、なぜアマンダとオスカルはビショ濡れなんだ？」

「あっ……着替えていませんでしたね」

「これを起動すればわかるよ！　よし、魔力注入！」

「あっ、オスカルさん、まだ扉を付けていないので……！」

私が止める間もなく、オスカルさんが魔力を注入して起動させてしまった。

瞬間、中にお皿もないので一気に水や泡が私たちに降りかかる。

しばらくして、私とオスカルさんはさらに濡れて、ニルスさんも同じようにビショビショに。

「……」

「あはは！　ニルスったら、眼鏡もビショビショだ！」

「ふんっ！」

「いたっ!?　さっきよりも強いんだけど……!」

「当たり前だろうが！」

「あ、あの、実際に生産するときは扉を付けるので、ここまで濡れることは……」

「ああ、わかっている……しかし、なるほどな」

さっきまで緩い雰囲気だったが、ニルスさんは真剣な表情になって魔道具を見ていく。

濡れたまんまだけど……後でタオルを持ってこよう。

しばらく魔道具の全体の構造を眺めてから、私とオスカルさんに詳しい作り方などを聞いてくる。

私は作り方の手順を書いた紙を渡してから、捕捉として説明していく。

「アマンダは優秀だな。君が開発部の副部長になって本当によかった」

「ありがとうございます」

「オスカルが一人で開発した魔道具は、こいつの感性だけで作っているから作り方の手順なんてないし、わからないところを一つずつ聞かないといけなかった……本当に面倒だったな」

「そ、そうだったんですね……」

「んー、僕を褒(ほ)めてるのかな？」

「どう聞いたら褒められていると勘違いできるんだ？」

そんな会話をしながら、全自動食器洗い機を大量生産できるかどうか見ていく。

ニルスさんの結論は……。

「残念ながら、商品として売り出すのは難しいだろうな」

「えっ……!?」

まさかの、作れないということだった。

「そ、そんなに難しいですか？」

「作れないことはない。だがコストが結構かかるから、貴族向けの商品となるだろう」

「はい、その予定でした」

「だが貴族は食器洗いなどやらない。使用人がいるからだ」

「あっ……」

「使用人のためにこれを買おうという貴族は、ほとんどいないだろう」

「な、なるほど……確かにそうですね」

誰が買って誰が使うかなど、そこまで深く考えていなかった。

毎日食器洗いをする人は欲しがるだろうと思っていたのだが、そういう人は平民か使用人が多い。

コストがかかるので、商品として売り出すなら価格が高めになる。

平民には手が届かない価格になるし、貴族は自分では使わないから買わない。

全自動食器洗い機、魔道具としては成功したけど、商品としては失敗だわ。

「あちゃー、そっか。商品にならないかぁ」

「ああ、このままだったら絶対に無理だ。だがもっと簡易版の、小さいもので平民でも手が届く値段にすればいけるかもしれない」

「なるほど……」

これは商品として考えるのなら、貴族向けじゃなくて平民向けのものだ。

だから手が届きやすいようにコストを抑えた商品じゃないといけない。

「簡易版かぁ、難しいね。入るお皿の数を減らして……洗剤を出す機能もいらないかな？」

「ですが、洗剤がなければしっかり洗えないと思います。ただ、水の勢いが強すぎるので、魔石をもう少し小さいものに替えて……」

「平民向けの商品だから、できれば使用者が魔力を持っていなくても使えるようにしたいな」

「それは考えています。魔石をたびたび取り換えることになりますが、このようにすれば……」

オスカルさんとニルスさんと三人で改善案などを話し続けて、今日の業務時間は終わった。


私は商店街を、大きな荷物を抱えながら歩く。

大きな荷物とは、もちろん全自動食器洗い機のことだ。

結構大きいのだが、錬金術で作るときに軽くする効果も付け加えているから、私一人でも持てる。

この魔道具はもう大量生産もできないし、職場に置いておくわけにもいかないから、私が持って帰ることになったのだ。

オスカルさんと一緒に作ったので、彼も持って帰りたいかもしれないと思ったんだけど……。

『あはは、僕が皿洗いすると思う？　そんなの持ち帰っても使わないよ』

『あっ、そうなんですね。……えっと、興味本位なんですけど、家事はされるんですか？』

『しないよ？　一週間に一回くらい、家を掃除してくれる人を雇ってるんだ』

『な、なるほど』

『いっつも一週間で汚しすぎだ、って怒られるけどねー』

ということで、私が全自動食器洗い機を持ち帰ることに。

まあもともと私が欲しいと思って作り始めた魔道具だったので、もらえるのはありがたい。

これでカリスト様に皿洗いをさせることはなくなるだろう。

そう思いながら帰ったのだが、家の前に誰かがいるのが見える。

マントを被（かぶ）っていて、それが認識を阻害する魔道具のマントだということを私は知っている。

効果はマントを被っている人の魔力量によって変わるから、無尽蔵の魔力を持っている私にはあまり効果がないマントだ。

そのマントを被っている人は……。

「カリスト様」

「おっ、アマンダ。帰ってきたか」

フードを取りながら、カリスト様が笑みを浮かべてそう言った。

いつも通り爽やかで、見慣れた優しい笑みだ。

「おかえり、アマンダ」

「ただいまです、カリスト様」

カリスト様とのこういうやりとりで、家に帰ってきたんだなって安心するようになってきた。

……いや、侯爵様が自分の家の前で待っていることに慣れちゃいけないとは思うんだけど。

「今日はどうしたんですか？　またキールさんに追われてここに来たんですか？」

「心外だな、アマンダ。俺がいつも仕事をサボってキールから追われていると思っているのか？」

「仕事はサボらないと思いますが、社交界などからは逃げていますよね？」

「社交界はな。仕事はサボらないさ」

いや、侯爵様にとっては社交界も仕事なのでは？

そう思ったが、まあ絶対に逃げちゃいけないところでは逃げない人だから、問題ないのだろう。

カリスト様が逃げるときは、だいたい私の家に来ることをキールさんは知っている。

だけど今はキールさんが追ってきている様子はないから、問題ないのね。

「というか、その大きなものはなんだ？　重くないか？」

「新しく開発した魔道具です、重くはないですね。とりあえず中に入りますか。カリスト様、夕飯は？」

「食べていない。食べたい」

「ふふっ、わかりました。今日はお肉がメインです」

「おっ、いいな。楽しみだ」

私とカリスト様はそう話しながら、家の中に入った。


夕食を準備して、カリスト様と二人で一緒に食べた。

最近はカリスト様と一緒に食べることの方が増えてきている気がするわね。

今日も食べた後、カリスト様に新しい魔道具の使い方を見せる。

「なるほど、全自動食器洗い機……すごいな」

「はい！　これで冷たい水で手を濡らすことなく、自動で食器を洗うことができます！」

「なるほど、だけどこれは商品化できないと言われたのか」

「はい……コストが高いので値段が高くなって、平民には売れないとのことで」

「だろうな。いい魔道具ではあるんだけどな」

「だから私の家で使おうと思います！　これでカリスト様に食器を洗ってもらうことはなくなります！」

「むっ……もしかして、これを作ろうとしたきっかけはそれか？」

「はい、そうです」

「ふっ、やはりか。面白いものを考えるな、アマンダは」

そう言って笑ったカリスト様。

もともとカリスト様に皿洗いをしてもらうことを防ぐために作ったものだから、商品化できなくても使い道があってよかった。

「別に俺は皿洗いくらい、いくらでもするんだがな」

「侯爵様のカリスト様にやってもらうのは恐れ多いので……」

「そうか？　だが……二人で並んで皿を洗うというのは、結構好きだったんだがな」

「えっ、そうだったんですか？」

「ああ、なんか……家族みたいだろう？」

悪戯っぽくニッと笑ったカリスト様に、私は少しドキッとしてしまう。

確かに並んで皿を洗うという行為は家族っぽいかもしれない。

「なるほど、カリスト様はご兄妹がいらっしゃらないから、それに憧れているんですね」

「……えっ？」

「私も妹はいましたが、そういった姉妹らしいことは一回もしたことがないので、憧れはあります」

「……そうか」

「それならカリスト様、毎回皿洗いをしてもらうのは申し訳ないので、時々一緒にやるのはどうでしょうか？」

「……そうだな、それがいいかもしれない」

「はい、そうしましょう！」

カリスト様はなぜか複雑そうな笑みを見せたが、喜んでくれているようでなによりだ。

私もカリスト様と皿洗いをしている時間はなんだか楽しかったので、少し嬉しいかも。

「兄妹か……男として見られていないのか？　最近は距離感が近くなったと思ったが、そういう意味で近くなったら逆に遠くなったのかもしれない……」

「カリスト様、何か言いました？」

「……いや、なんでもない。独り言だ」

カリスト様が何かぶつぶつと言っていたけど、特に私には関係ない話のようだ。

その後、魔道具に皿洗いを任せて、私とカリスト様はソファに座って一息つく。

私が紅茶を用意してテーブルに置いたときに、カリスト様が肩が気になるのか首を傾ける仕草をしていた。

「カリスト様、お疲れですか？」

「ん、ああ。最近は書類仕事が多くてな。やはり首と肩が凝ってしまうな」

「疲れを癒すポーションを作りましょうか？」

私がファルロ商会に来て、最初に作った商品だ。

もともと私が個人的に作っていたものを、カリスト様が商品化できると言って販売したものだが。

「いや、大丈夫だ。昨日の昼くらいにすでに飲んでいるし、そう何度も頼って依存するのも身体に悪いからな」

「確かにそうですね」

疲れを癒すポーションにはもちろん危ない成分は全く入っていないのだが、あれに頼りすぎて無理をしすぎるのもよくない。

身体の疲れは取れるのだろうが、精神的な疲れが取れているわけではないから。

しっかり寝て身体を休めたほうがいいに決まっている。

ただ、昨日の昼に飲んだのにもう肩凝りなどが気になるとは、カリスト様は本当に忙しく働いているようだ。

ポーションに頼らず、身体の疲れが取れるようなものがあればいいんだけど……。

何か考えてみようかしら。

「アマンダは仕事の方はどうだ？　順調か？」

「はい、今回作った魔道具はすぐに商品化できませんでしたが、改善点なども挙げて次に繋げていくようにします」

「そうか、楽しくやれているようならよかった」

「カリスト様がファルロ商会に誘ってくれたお陰です」

ヌール商会にいた頃は同じ魔道具を何個も何個も作るだけで、楽しく仕事ができていなかった。

今は楽しく錬金術をして、魔道具をいっぱい作れているから、本当に感謝している。

「俺は優秀な錬金術師を引き抜いただけだ。もちろん合法でな」

「それだと言い方が悪いですけどね……」

「悪いのはアマンダの優秀さを認めなかったナルバレテ男爵家と、アマンダの功績を奪って自分のものにしていたヌール商会のモレノだろう」

私の実家のナルバレテ男爵家とヌール商会のモレノさんは繋がっていて、私を無能として扱いたかったようだ。

私としては功績を奪われたりしても気にならなかったけど、好きな錬金術を楽しくできないのだけが嫌だった。

だからこうしてカリスト様に引き抜かれて、ファルロ商会に来て本当によかった。

「そういえば、精霊樹の枝の研究は進んでいるのか?」

「あ、はい、そうですね……」

前にカリスト様と社交界のダンスパーティーに出た報酬で、精霊樹の枝をいただいた。

いただいたというよりは、一緒に取りに行ったのだが。

その精霊樹の枝でカリスト様の魔武器を作ろうとして、研究していたのだが……。

「研究は進んでいるんですが、魔武器を作るとなるとなかなか難しくて……難航しています」

「そうなのか?」

「カリスト様は剣をお使いになっているので剣を想定しているのですが、精霊樹の枝の魔力が高すぎて……簡単に言うと、強くなりすぎてしまうんです」

「強くなりすぎる？」

「どれだけ出力を抑えようとも人に振るうと……おそらく一振りで、身体の半分が消し飛んでしまうくらいの威力が出てしまいそうです」

「そ、それは恐ろしいな」

魔物などに対して振るうのであればいいかもしれないが、カリスト様は自衛のために使うことの方が多いはず。

その場合、相手は人間だから……威力がありすぎるとダメだ。

さすがにそこまでの威力を持った魔武器は、カリスト様に必要ないだろう。

だからもう少し出力を抑えたい、と思っているのだが。

「ですが威力を抑えたら、精霊樹の枝で作る意味がなくなります」

「確かに、その通りだな」

「はい、なので少し悩んでいます」

「そうか。まあ俺はもらう立場だから、急かすつもりはない。ゆっくり作ってくれ」

「ありがとうございます」

できれば私も早く作りたいのだが、どうせなら良いものを作りたい。

だから焦らずにしっかり考えよう。

「それと、そろそろ社交界のダンスパーティーがあってな……できれば行きたくないが、またアマンダに頼むかもしれない」

「あっ、そうなんですね、わかりました」

「ああ、もちろん今回も報酬は用意するつもりだから、その時になったら考えておいてくれ」

「今回も報酬をいただいていいんですか？」

「もちろん。だが精霊樹ほどの素材は難しいからやめてほしいが」

「は、はい、すみません」

「ふっ、冗談だ。まあなんでもいい、欲しい素材があったら言ってくれ」

カリスト様はそう言って笑った。

報酬……正直、精霊樹の枝をもらったので、それ以上欲しいものはないし、毎回報酬をいただくのも気が引けてしまう。

とりあえず、まだ社交パーティーに行くと決まっているわけじゃないから、今度考えよう。

無能と言われた
錬金術師
～家を追い出されましたが、凄腕だとバレて侯爵様に拾われました～

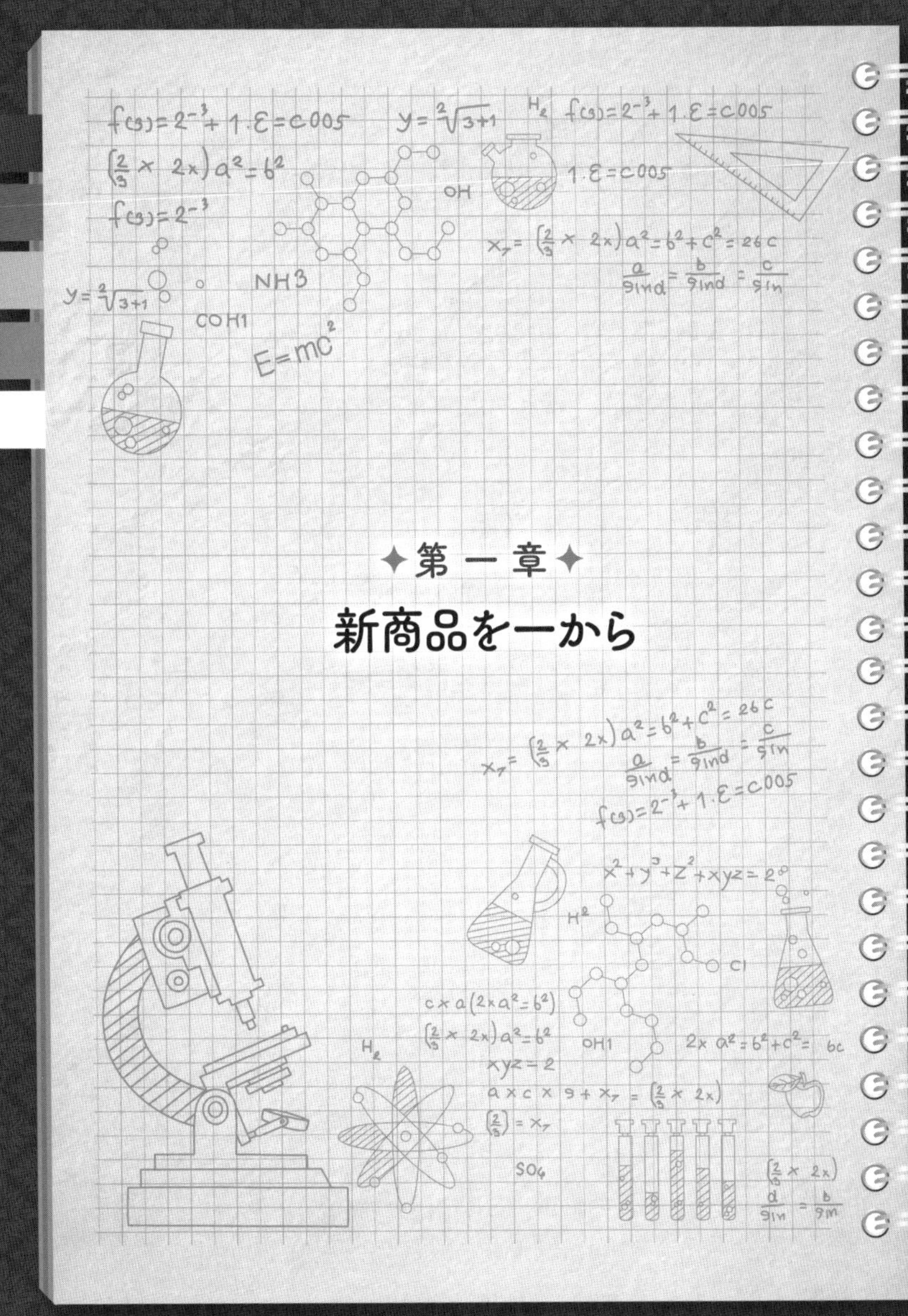

✦第一章✦

新商品を一から

私はファルロ商会の研究室で、一人で籠って次の商品を考えていた。

開発部の副部長となって、一人用の研究室を用意してくれたので、そこを使っている。

前回作った全自動食器洗い機は、上手く商品化はできなかった。

だから今回は商品化しやすい、大量生産しやすい商品を作りたい。

だけど一人で籠って何個か作って試しても、あんまりいいものは出来なかった。

「はぁ、どうしよう……」

私は錬金術が好きで得意と自負しているが、売れる商品を思いつくこととは、話が別だ。

疲れを癒すポーションも私が作ったけど、売れると見抜いたのはカリスト様だ。

他の商品も私が作り出したというよりは、既存の製品に手を加えてより良いものにしただけ。

一から商品を考えて作る、というのはやったことがない。

それを初めてしたのが全自動食器洗い機だったんだけど、商品としては失敗したし……。

次こそは売れるものを作りたいんだけど、やはり一人で考えるのは難しい。

「あっ、もう終業時間だわ……」

あっという間に一日が終わってしまった。

もっとやりたいのだが、これ以上考えていても思いつかない気がする。

「アマンダ、お疲れさま」

「あっ、ニルスさん。お疲れさまです」

帰り支度を終えてファルロ商会を出たところで、ちょうどニルスさんとばったり会った。

ニルスさんも帰るようで、コートを着て鞄も持っている。

「お帰りですか？」

「ああ……途中まで一緒に帰るか？」

「はい、ぜひ」

ニルスさんから誘われたので、一緒に並んで歩く。

何回か彼とこうして歩いたことがあるのだが、話題がなければほとんど喋らない。

その話題もだいたいは仕事のことで、プライベートなことは話さない。

今日は会議などもなかったので、仕事のことで話すことはないと思っていたんだけど。

「アマンダ、何か悩み事か？」

「えっ？」

ニルスさんからそう問いかけられて、少し驚く。

「いつもよりも表情が暗いと思ってな。話したくないならいいが、何か相談したいなら話くらい聞くぞ」

「ニルスさん……ありがとうございます」

こちらのプライベートに干渉しないようにしながらも、上司として相談に乗ってくれる。

なんて素晴らしい人なんだろうか、ニルスさんは。

こんな人の下で働きたい、という人はたくさんいそうね。

それに悩んでいることも私一人じゃ手詰まりだったから、誰かに相談するべきことだった。

「実は、次の商品開発について悩んでいるんです」

「なるほど、商品開発か」

「はい。前の魔道具は失敗してしまったので、今度こそ商品として売り出せるものを作りたいと思っていますが、なかなか思い浮かばず……」

「そうか……難しい問題だな」

ニルスさんは歩きながら顎(あご)に手を当てて、一緒になって真剣に考えてくれている。

「製造部の私は商品開発をすることはないが、アイディアを求められることは多々ある。まあ主にオスカルからだが」

「オスカルさんから？　なんか意外です、オスカルさんは一人で作りたいものを決めて、勝手に作っていると思っていました」

「さすがのあいつも、無尽蔵に魔道具のアイディアがあるわけじゃない。誰かと話すことで、自分にないアイディアをもらうこともある」

「なるほど……」

確かに今日、私は一人で籠って考えていたけど、行き詰まってしまった。

誰かと話したり相談したりすれば、いろんなアイディアが生まれたかもしれない。

「それと、何か作ろうとすると部屋に籠って考えがちだが、外に出てみるのも手だな」

「外に？　気分転換に、ですか？」

「それもあるが、商店街などを見て回ると、どんなものが人々に求められているのか、見えてくることがある」

ニルスさんはそう言って、商店街の手前で足を止める。

ニルスさんと帰るときは、いつもここで別れているんだった。

「私たちが作っている商品は主に、人々の生活を豊かにするものだ。だからその商品を使う人々の顔を見に行って、今何が求められているのかを注意深く見るのも悪くないだろう」

なるほど……他人に相談するのもいいけど、自分の足で街中を探して、どんなものが求められているかを見つけるというのも楽しそうだ。

これから商店街を通るから、少し探してみるのもいいかもしれない。

「とても参考になりました！」

「それならよかった。まあ根を詰めすぎないようにな」

「はい、ありがとうございます、ニルスさん」

「ああ、じゃあここで。気をつけて帰るんだぞ」

ニルスさんはそう言って、軽く手を上げて去っていった。

なんてカッコよくて頼りになる上司なんだろうか……。

よし、とりあえず商店街で買い物をして……ついでに市場調査ね！

まあ今日は就業時間は終わっているし、ほどほどにしておこう。

最近は肌寒くなってきて、少し厚着をするようになってきた。

今日は家で温かい鍋ものでも作ろうかしら？

そんなことを考えながら、商店街を歩き買い物をする。

そろそろ夕飯時だからか、商店街には人が多かった。

一つの食材を買うのに少し並ばないといけないくらいだ。

お肉を買いたかったので並んでいると、前にいる二人の女性の話し声が聞こえてくる。

「最近寒くなってきて、ほんと嫌ね」

「そうね、寒いと家事が大変で辛いわ。特に水回りがね」

「ええ、ほんと。水は冷たいし、手が乾燥して荒れてきて……ほら、見てよ」

「あら、これは痛いでしょう」

チラッと前の人の手を見てみると、荒れていてところどころ皮膚が剥けているところがあった。

あれは辛いなぁ……私も皿洗いなどをやっていたから、肌荒れをすることが時々ある。

だけど皮が剥けたり、あかぎれになることはなかった。

「薬は塗った？」

「ええ、もちろん。だけど家事は毎日やらないといけないから、薬を塗って治してもまた荒れるし

……どうしようもないわね
「そうね、少しでも肌荒れを防げるものがあればいいんだけど……」

「っ、それだ！」

私は思わず声を上げてしまった。

「えっ？」

「はい？」

「あっ……す、すみません」

前にいた二人の女性が振り返って私の方を見てきたので、恥ずかしくなって頭を下げる。

だけど、この二人のお陰で次の商品のアイディアが出てきた。

最近は寒くなってきて、肌が乾燥することが多い。

それを和らげるもの、肌荒れを予防するものを作ればいいんだわ！

家事をする人だったら絶対に重宝するだろう。

これならいけるかも……！


翌日、私はファルロ商会に出勤すると自分の研究室に入って、すぐに実験をした。

まずは薬草とかを混ぜたりして、肌を保湿する成分を探していかないといけない。

研究室には薬草などはたくさんあるから、その中で肌に塗っても問題ないものを選んで……一つ一つ合わせたりして実験しないと。

「『解放、定着、純化、抽出——錬成』」

いくつかの薬草の成分を抽出させて、水が入った複数の瓶の中に成分をそれぞれ入れて錬成していく。

普通なら薬草の成分が染み出すまで水の中に数時間入れっぱなしにするんだけど、私は錬金術師だから成分を効率よく抽出させることができる。

よし、これでしっかり混ぜて……まずは完成ね。

一つずつ自分の手に塗って、試していくしかないわね。

他の人にも試してもらいたいけど、とりあえず私一人でやろう。

そして一つずつ試していき、私の手を保湿してくれた成分が入った薬草の候補を絞った。

三つほどになったけど、これらの成分を抽出して合わせたものが、一番保湿力が高いものになった気がする。

オイルっぽくなっているけど、肌にのばしやすいし馴染(なじ)みも悪くない。

これを、私だけじゃなくて何人かに試してみてほしいわね。

だけど、保湿力などは問題ないとして、ちょっと他の問題点が一つ……。

「臭いわ……！」

薬草の成分を抽出してそのまま手に塗っているから、匂いがキツい……。

もともと薬草は臭いんだけど、三種類合わせているからさらに臭くなった。

これでは手を保湿できる商品として売り出したとしても、匂いがキツいから売れない気がする……。

改善しなければいけないわね。

とりあえず、開発部の人たちを何人か呼んで、この保湿オイルを試してもらった。

男性にも女性にも試してもらったが、全員に「保湿されている感じがしていい！」と言われた。

特に手が荒れている人には、翌日も感想を言ってもらったんだけど。

「手が水に濡れても乾燥しなくて、荒れたりしなかったから本当によかったわ！　商品化したらずっと買いたいくらい！」

と言ってくれて、本当に嬉しかった。

だけど、その人をはじめ、つけた人全員が言っていたが……。

「匂いがキツい、臭い」

「慣れれば問題ないけど、やっぱり臭い」

「保湿されるのはいいけど、匂いが嫌でつけるのを躊躇う」

という評価だった……やはり絶対に匂いは改善しないと。

うーん、だけどどうしよう。

匂いに関して、あんまりいいアイディアが思いつかないわ……。

匂いがあまりしない薬草に換える？

いや、この三種類の薬草だからこその保湿力、換えるのは無理。

成分や配合を変えてみようにも、どれだけ変えてもキツい匂いは変わらなかった。

私一人じゃ、もうどうすればいいかわからなかった。

だから、誰かに相談しよう！

ニルスさんも「誰かと話すことで、自分にないアイディアをもらうこともある」と言っていた。

すぐに聞けて、いいアイディアをもらえそうなのは……やっぱりオスカルさんね。


オスカルさんの研究室に行って、保湿オイルのことを話し、軽く試してもらう。

「へー、これはいいね。僕も乾燥肌だから、これが出来たら重宝するかも。手だけじゃなくて顔にも使えたらいいね」

「あっ、それもありですね！」

手荒れだけを考えていたけど、確かに顔にも使えたら最高ね。

それも試してみようかしら。

もうすでに良いアイディアがもらえたけど、改善点のことを伝える。

「その、一つ問題点が……匂いです」

「匂い？　ああ、薬草臭いね」

「はい、それをどうしようかと思いまして」

「僕は嗅ぎ慣れているから気にならなかったけど、確かに商品化するにはダメかも」

オスカルさんは自分の手を軽く嗅いでから、うーんと顎に手を当てて考えている。

「薬草の配合を変えてみたりした？」

「はい、ですが匂いは変わりませんでした」

「なるほどね、他の成分を入れたりとかは？」

「他の成分、ですか？」

「うん、他の成分を入れても保湿力は変わらないかどうかとか。例えば薔薇（ばら）の香りの成分を入れても、保湿力は変わらなければいいよね」

「っ！　確かに、それはいいですね！」

他の成分を加える、というのは盲点だったわ。

薬草三種類の成分だけを入れていたけど、これに他のものを加えちゃいけないなんてことはない。

保湿力は変わるかもしれないけど、それが良くなるか悪くなるかもわからない。

とりあえず匂いが良いもの――薬草で作っているから花の成分が混ざりやすいかも。

「ありがとうございます！　早速試してみます！」

「うん、頑張ってねー」

ニコニコと笑いながら手を振ってくれるオスカルさんに頭を下げて、自分の研究室に向かう。

花の香りというのは盲点だったから、いろいろと試せそうだ。

それに花の香りを入れて保湿力に変わりがなければ、いろんな匂いの保湿オイルを作れるかもしれない。

頑張って研究しよう……！


数日後、花の香りの種類や保湿オイルの成分の配合をいろいろと変えて、実験は順調だった。

すでに私の手につけた薔薇の香りの保湿オイルは、数時間経(た)っても薬草の臭さが出てこない。

配合を間違えると花の香りが強すぎたり、保湿力が下がることもあったけど、今回試した配合が正解かもしれない。

午前中につけた保湿オイルの香りが、夕方になってもほのかに漂っているし、薬草の匂いも出てこない。

今日の終業時間が過ぎて家に帰ると、家の前にカリスト様と執事のキールさんがいた。

いつも通り二人を家の中に入れて、夕飯を一緒に食べる。

「アマンダ様、私の分もありがとうございます」

「いえ、大丈夫ですよ」

キールさんは毎回大袈裟(おおげさ)に頭を下げてお礼を言ってくる。

そんなに頭を下げなくてもいいと言っているんだけど、「交際もしていない女性の家に上がり込んで食事をいただくのですから」と言うのだ。

その時にキールさんはいつもカリスト様を睨むが、カリスト様は視線を逸らして気づかないふりをしている。

その様子が上司と部下じゃなくて友達っぽくて、なんだか微笑ましい。

今日も三人で食事をして、皿を魔道具で自動で洗う。

キールさんは初めて見たので感動していた。

「これはすごいですね。商品化しないのが少しもったいないくらいです」

「貴族向けの値段になっちゃいましたから……」

「なるほど……ん？　アマンダ様、何か花の香りがしませんか？」

キールさんと並んで魔道具を見ていたからか、私がつけている保湿オイルの匂いに彼が気づいた。

さっきつけ直した保湿オイルだけど、彼にはそのことを言っていないから、しっかり匂いがするのね。

「はい、さっきつけた保湿オイルです。肌荒れを防ぐものなんですけど、花の香りがするようにしているんです」

「なるほど、手につけているんですか？」

「はい、そうです」

私は匂いを確認してもらおうと、手の甲を彼の顔あたりまで近づける。

キールさんも釣られて私の手の甲に顔を近づけようとしたが……。

「おい」

カリスト様が私の手を掴んで、キールさんの身体をもう一方の手で押して遠ざけた。

いきなり隣に現れたカリスト様にビックリしたが、彼はキールさんを睨んでいた。

「近づきすぎだ、キール」

「……申し訳ありません。主人の気持ちを考えるべきでしたね」

「……ああ」

主人の気持ち？　カリスト様の気持ちって？

何かキールさんの行動がダメだったのかしら？　私に近づきすぎたせい？

「あの、カリスト様？」

「アマンダ、いきなり手を掴んですまないな」

「いえ、それはいいのですが……」

カリスト様が私の手を離してから一歩下がると、キールさんとコソコソと話し始める。

「カリスト様、気にしすぎでは？　独占欲が強すぎると引かれますよ。ただでさえ交際なんてしていないのに」

「うっ、そうだが……だが今のはお前が悪いだろ」

「アマンダ様の方から手を近づけてきたので、反射的に。まさか防がれるとは思いませんでしたが」

時々こうして二人でコソコソと話していることがあるんだけど、もちろん私には聞こえない。

おそらく侯爵家の当主だから、他人には聞かせられないこととかがあるんだろう。

だから私は気にしないようにしている。

でもコソコソ話をする度に、カリスト様の表情が面白いくらい変化しているから、ちょっと会話の内容が気になるけど。

「アマンダ様、私は先に帰ります」

「えっ、早いですね。食後の紅茶もありますが……」

「いただけたら嬉しかったですが、仕事も溜まっていますので。それにこれ以上いたら、さらに強い力で押されて吹き飛ばされそうなので」

「おい、何言ってんだ」

どういう意味かよくわからないけど、しっかり仕事をしないとカリスト様に怒られるっていう話かしら？

「わかりました。お仕事頑張ってください」

「ありがとうございます」

「あっ、あとこれ。香りがする保湿オイルの試作品です。三つほどの香りがあるので、ぜひそれぞれ試して感想を言ってくださると嬉しいです」

「これがさっきの……ありがとうございます。試させてもらいます」

私が試作品を渡すと、キールさんは驚きながらも綺麗な笑みを浮かべてお礼を言った。

彼はこれまた綺麗なお辞儀をしてから、私の家から去っていった。

残ったのはもちろん私とカリスト様。

「えっと、紅茶を飲みますか？」

「……ああ、ありがとう」

少し気まずい雰囲気になりながらも、いつも通りに紅茶を淹れる。

そしてこれもいつも通り、私は長いソファに座って、カリスト様は一人用のソファに座ると思っていたんだけど……。

カリスト様はなぜか私の隣に座った。

「あの、カリスト様？」

「なんだ？」

「なぜ私の隣に？」

「……なんとなく、だな」

「そ、そうですか」

「嫌か？　だったらいつものところに座るが」

「いえ、嫌とかではないですが……」

いつもよりも距離が近くて、少しドキドキしてしまう。

カリスト様の顔を正面からではなく、横から見るのも新鮮だ。

意外と睫毛が長くて、鼻が高いのね。

横顔をチラチラと見ていたら、こちらを向いて目が合ったからドキッとする。

「アマンダ」

「は、はい」

「保湿オイルの試作品はまだあるのか？」

「あ、はい、あります」

「そうか、俺ももらっていいか？」

「もちろんです。あとで渡すつもりでした」

私は仕事用の鞄から試作品を三つ出してカリスト様に渡す。

「これが薔薇の香りで、これが金木犀。それとこれがラベンダーです」

「ふむ、このオイルは植物由来の成分を使っているのか？」

「はい！　薬草の成分を混ぜて保湿力を高めているんですが、薬草だけ使っていたら匂いが臭くなりすぎて……」

「なるほど、だから花の香りをつけたのか」

「そうです！　薔薇の香りの成分だけを抽出して入れることによって、保湿力などの性能を落とすことなく、良い匂いにすることに成功しました！」

「素晴らしいな。最近は寒くなってきて乾燥で悩む人々も増えている。これは絶対に売れるだろう」

「っ、ありがとうございます！」

ファルロ商会会長のカリスト様に褒められるのは本当に嬉しい。

疲れを癒すポーションの時も嬉しかったけど、今回は私が一から商品化を狙って作ったものだ。

苦労して作った甲斐があった……！

「どうやって思いついたんだ？」

カリスト様は興味があるのか、笑みを浮かべて楽しそうに聞いてくれる。

前から思っていたけど、カリスト様はとても聞き上手だ。

私が錬金術の話を夢中でしてしまうほど、カリスト様は質問が上手くて話しやすい。

だから私も熱が入って話してしまう。

「前回の全自動食器洗い機が商品化が難しいものだったので、次は商品化ができて大量生産もしやすいようなものを作りたいと思ったんです！」

「ああ、それはとても大事だな」

「はい、だから一人で研究室に籠って考えていたんですが、なかなか思いつかず……それでニルスさんと一緒に帰っているときに」

「待て……ニルスと一緒に帰った？」

「えっ、はい」

夢中になって話そうとしていると、カリスト様に待ったをかけられた。

「いつも一緒に帰っているのか？」

「あ、いえ、たまたま帰るタイミングが同じになっただけです。だいたい商店街の前あたりまで帰り道が一緒なので」

「そうなのか……いや、初めて聞いたから、ビックリしただけだ」

「そうですか？」

確かにニルスさんは誰かと一緒に帰るような人には見えないかもしれない。

だけど意外と気さくで話しかけやすいのよね。

「それでニルスさんと帰っているときに、次の商品の開発の相談をして……一人で考えるよりも誰かに相談したり、街に出てアイディアを探してみるのもいいだろう、って言ってもらえて」

「ふむ、ニルスらしいアドバイスだな」

「はい！　本当にニルスさんは優しくて頼りになって、理想の上司って感じで……ニルスさんと話ができて本当によかったです」

「んんっ、そうか……」

「それで街中で女性二人が、家事をやっているときに手が荒れて大変という話をしているのを聞いて、保湿オイルの商品を思いついたんです！」

私が商品を思いついた過程を話すと、カリスト様が笑みを浮かべて聞いてくれる。

だけどなんだか引き攣っている笑みな気がするけど、気のせいかしら？

「それですぐに開発に取り掛かって、結構早くに保湿オイルが出来たんですが……薬草だけで作ったので臭かったんです」

「さっき言っていたな。ふっ、よほど臭かったみたいだな」

「はい、試してもらう人全員が言うほどでした……それで悩んでいるときに、誰かに相談したほうがいいと思って、オスカルさんに相談したんです」

「……ふむ」

「それでオスカルさんから他の成分を加えて匂いを良くするのはどうかと言われて、いろんな植物の香りの成分を取り入れてみて……この試作品の三つが出来たんです！」

私が自信満々に言うと、カリスト様は一つ頷いた。

「なるほど、ニルスやオスカルに相談しながらだが、ほとんどアマンダが一人で作ったんだな」

「はい、一人で作りました。ですがお二人の協力がなかったら絶対にできなかったので、本当に二人には感謝していますね」

「そうだな……ところで、アマンダ。俺には相談しようと思わなかったのか？」

「はい？　カリスト様にですか？」

「ああ。アマンダが試作している間、俺もこの家に来て夕食を食べていたから、相談する機会はいくらでもあったと思うんだが……」

「えっと、たまたまタイミングが合わなかった感じですね」

ニルスさんに相談したのはちょうど帰り道が同じでタイミングがよかったから。

オスカルさんは直属の上司なので、相談しやすかったから。

その二人への相談で今回の商品はだいたい目処（めど）がついてしまったので、カリスト様に相談する機会がなかった。

「そうか、なるほど……」

「それにカリスト様は侯爵様と会長をされているので、相談に乗るほどの余裕はないのでは？」

「いや、そんなことはないぞ。余裕がなければアマンダの家で夕食を食う時間もないからな」

確かに、最近は隔日くらいのペースで来ているわね。

でもカリスト様に相談するのは少し憚（はばか）られるような気もする。

「次はいつでも相談してくれ。俺もアマンダの力になれるから」

「わ、わかりました。ではその時は相談させていただきます」

「ああ」

カリスト様は満足したように笑みを浮かべて頷いた。

まあカリスト様が相談してもいいというなら、次はしてみようかしら。

「ニルスやオスカルはアマンダを狙ってないというのはわかっているが、仕事で距離が近いのが厄介だな……いや、だが俺も家に来ていつも夕食を共にしているから距離は近いと思うが……」

「カリスト様、何か言いました？」

「……いや、独り言だ」

カリスト様が顎に手を当てて、反対方向を向いて呟いていたから私には何も聞こえなかった。

「そういえば、保湿オイルの匂いは三種類あるが、アマンダはどれを使っているんだ？」

「私は薔薇の香りです」

「そうか、これか」

「はい、個人的に私はそれが一番好きな匂いですね」

カリスト様が薔薇の香りがする保湿オイルを手に塗った。

「ふむ、なるほど……確かに良い匂いだな」

「ですよね、なんだか華やかだけど落ち着く匂いというか……金木犀とラベンダーも他の従業員には人気でしたが」

「そうか。アマンダが今つけているのも薔薇の香りなのか？」

「はい、そうです」

「嗅いでもいいか？」

「えっ、いいですけど……」

すでにカリスト様は自分の手につけたのだから、自分の手を嗅げばいいのでは？

そう思ったけど、カリスト様はスッと私の手を取って、自分の顔あたりまで近づけた。

手を握られると社交パーティーでエスコートされたときを思い出して、少しドキッとしてしまう。

「ふむ、やはり良い匂いだな……なんだか俺がつけたものよりも良い匂いな気がする」

「えっ、本当ですか？」

違う匂いになっていると聞いて、私はビックリしてすぐに自分の手を嗅いだ。

そしてカリスト様の手を取って匂いを嗅ぐ。

……うーん、確かに少しだけ違うかも？

だけどこれはつけたばっかりの人と、つけてから時間が経った人の差かもしれない。

「私はそこまで感じないですが、つけている時間の差ですかね？」

「そうかもしれないな」

「あっ、すみません、いきなり手を取ってしまって……！」

カリスト様の手の匂いを嗅ぐために、無意識で彼の手を取ってしまっていた。

「ふっ、問題ないさ。すぐに錬金術師らしい顔になるアマンダを近くで見られたからな」

「そ、そんな顔してました？」

「ああ、真面目でカッコいい表情だったよ」

カリスト様にそう言われるとなんだか恥ずかしい。

私は視線を少し逸らしながら話題を戻す。

「それで、匂いが違うのはつけている時間が違うからですね。これも少し研究しないといけません」

「ふっ、そうだな」

カリスト様は私が話題をずらしたことがわかっているのか、穏やかな笑みを浮かべていた。

そのまましばらく話し続けて、カリスト様が帰る時間になった。

彼はいつものコートを着て、家を出ようとする。

「ではまた、今日も夕食をありがとう」

「いえ、お気をつけて帰ってください」

「ああ……それと、アマンダ」

「はい？」

「私も薔薇の香りが一番好みになると思う」

「えっ、そうですか？」

まだカリスト様は金木犀とラベンダーは試していないと思うけど。

もともと薔薇の匂いが好きだったのかしら？

そう思っていると、カリスト様が私の手を取って顔の近くまで引き寄せた。

「ああ……アマンダがつけているこの匂いが、一番好きだ」

「つ……そ、その、誰でも同じ匂いになると思いますが……」

至近距離でそんな恥ずかしいことを言われて、私は顔を赤くしながら視線を逸らす。

カリスト様はまだ手を離さずに、楽しそうに続ける。

「そうか？　じゃあこれをつければ私もアマンダと同じ匂いになって、いつでもアマンダのことを思い出せるということだな」

「そ、そうなるんですか？」

「同じ匂いをつけていると、思い出すことも増えそうじゃないか？」

「な、なるほど……」

確かにそれは一理あるかもしれないわね。

だけど、なんだかそれは恋人同士がやるようなことでは……？

私とカリスト様は恋人同士なんかじゃないのに。

「じゃあ、そろそろ帰るよ」

カリスト様は私の手を離して、家のドアを開けた。

「試作品ありがとう。薔薇だけじゃなく金木犀とラベンダーも試してみるよ」

「は、はい、どうぞ」

「じゃあ、また」

カリスト様はふっと笑って、そのまま去っていった。

私は一人家に残って、自分の顔の熱が下がるまでソファに座ることにする。

ふぅ……カリスト様はまったく、なんであんな恥ずかしいことを言うんだろうか。

誰に対しても言っているのかしら？

いや、だけど社交パーティーとかであんなことを令嬢に言ったら、絶対に好意を持たれてしまうだろう。

カリスト様はそういうのが苦手だから、私をダンスパーティーに連れていったのだ。

だから他の令嬢には言ってないと思うけど……もしかして私だけ？

……そう思うとまた顔が熱くなってしまうから、あまり考えないようにしよう、うん。

「くそっ！　今月も赤字じゃないか！」

ナルバレテ男爵家の当主、ジェムは財政管理の書類を床に叩きつけながら叫んだ。

それを持ってきた執事は「また始まった……」と思っていたが、顔には出さずに書類を拾った。

「先月よりも事業成績が落ち、収入も下がっていますし、支出も多いです。特に嗜好品費が増える傾向に……」

「見ればわかるわ！　黙っていろ！」

「……申し訳ありません」

執事は頭を下げて、そのまま書類を置いて部屋を出ていった。

一人になったジェムはまた「くそ……」と呟いてから、沈み込むように椅子に座る。

事業成績が下がっているのは単に、仕事をしない時間が増えてきたからだ。

最近、ジェムはストレスが溜まっているから、遊んで酒を飲んで博打(ばくち)をして、というような生活を送っている。

だから嗜好品費という項目の支出も増えていく。

ストレスの原因は、自分の娘、アマンダだ。

最近、アマンダ・ナルバレテという錬金術師の名前が巷(ちまた)で話題になっている。

疲れを癒すポーションをはじめ、ドライヤーなどの魔道具を開発して、錬金術師として名が売れ始めているようだ。

それがジェムは、気に食わなかった。

ジェムはもともと、アマンダが優秀すぎて、前夫人と似ているから嫌いだった。

だから無能という評価をするためにヌール商会のモレノと手を組んだのに。

今ではアマンダが世間で優秀な錬金術師だといわれるようになってきた。

しかもアマンダは家を出てファルロ商会で働いているため、アマンダが稼いだお金はナルバレテ男爵家には全く入ってこない契約になっている。

それも実に気に食わないところだ。

今まではモレノと手を組んでいたから、ヌール商会でアマンダが稼いだお金をジェムが使っていた。

しかし今は使えないし、さらにアマンダが優秀だという話も聞こえてくる。

それが、ジェムのストレスが溜まる原因だった。

なんとかして、その原因を取り除きたい。

「そうだ……まずアマンダを、あの無能を家に連れ戻さないといけない……！」

無能じゃないと世間が認めても、ジェムは認めない。認めたくないから「無能」と呼び続ける。

「あいつが家に金を入れないのがおかしいんだ……誰があいつを、あの無能を育てたと思っているんだ！」

そう叫んでから机に拳を叩きつける。

拳の痛みなど気にせず、ジェムはニヤリと笑った。

「そうだ……あいつを連れ帰って、あいつの口からビッセリンク侯爵家に言わせればいいんだ、家に戻るって」

ビッセリンク侯爵家との契約で、アマンダのお金を無理やり奪うことはできない。

しかしアマンダをこちらに戻ってこさせて、お金をナルバレテ男爵家に入れさせればいい。

「そうだ……あいつを戻ってこさせてやる。そのためには、なんだってやるぞ」

醜い笑みを浮かべながら、ジェムはアマンダを連れ戻す計画を立て始めた――。

無能と言われた
錬金術師
~家を追い出されましたが、凄腕だとバレて侯爵様に拾われました~

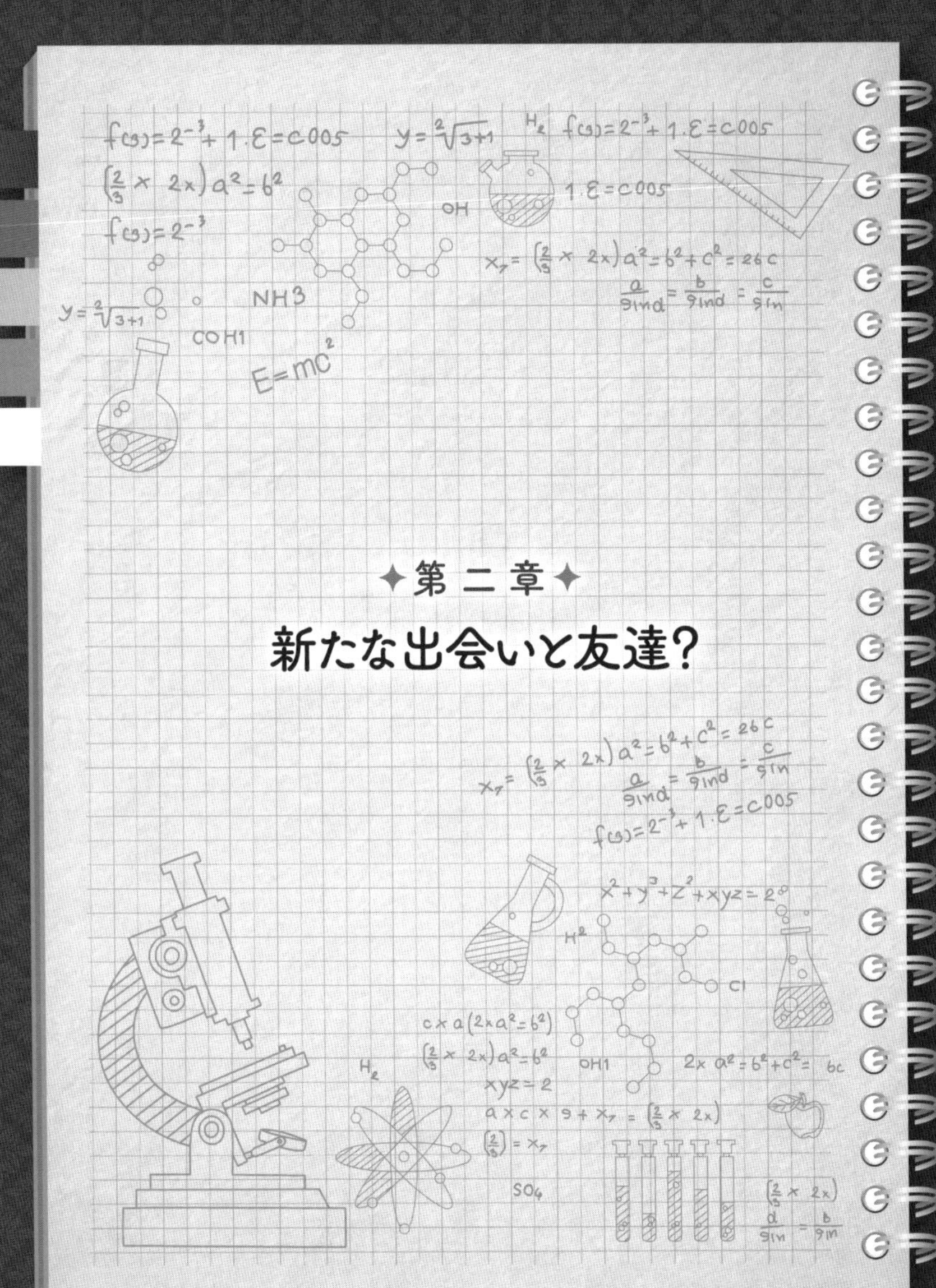

✦第二章✦

新たな出会いと友達？

私の開発した保湿オイルが発売されてから、一カ月ほどが過ぎた。

売れ行きはとても良いようで、営業部や製造部が忙しくなって悲鳴を上げていた。

私も製造部で手伝ったけど、自分が一から作った商品がいろんな人に求められるのは、やはりとても嬉しい。

「アマンダ、今日も助っ人ありがとう」

「ニルスさん。いえ、私がやりたくてやっているだけなので」

製造部の部屋で働いていると、ニルスさんが話しかけに来てくれた。

彼もいつもより忙しいようで、少し疲れて見える。

「しかし、ここまで爆発的に売れるとは思わなかったな。乾燥する今の時期だからこそと、発売を急いだ甲斐があったな」

「はい、そこは営業部の方と製造部の方が尽力してくださったので、本当に感謝しています」

「いい商品を売りたいと思うのは当たり前だ。それを作り出したアマンダが一番すごい」

「いえ、私だけの力じゃなくて、ニルスさんやオスカルさんが相談に乗ってくれたお陰ですから」

「ふっ、君のそういうところも美徳だな」

ニルスさんはふっと笑って褒めてくれた。

謙遜などではなく、本当に一人だったら絶対にここまで売れる商品を作れなかった。

だけどニルスさんに褒められるのは嬉しいわね。

「やはり保湿オイルは汎用性が高くて素晴らしいな。私も家で使っているが、手だけじゃなく顔にもつけている」

「それは嬉しいです！」

「ああ、特に私は金木犀の香りが好きだな。アマンダは好きな香りはあるのか？」

「私は薔薇の香りが好きで……っ！」

そこまで言って、私はカリスト様の言葉を思い出してしまった。

『アマンダがつけているこの匂いが、一番好きだ』

『じゃあこれをつければ私もアマンダと同じ匂いになって、いつでもアマンダのことを思い出せるということだな』

カリスト様のニヤッとした悪戯っぽい笑みと共に思い出してしまい、顔が熱くなってしまう。

「ん？　アマンダ、どうした？」

「つ、いえ、なんでもないです」

「そうか？」

ニルスさんに話しかけられて、私は少し動揺しながらも答える。

危ない、完全に思い出して顔をまた真っ赤にするところだったわ……。

そろそろカリスト様とまた社交パーティーに行くというのに。

数日前、カリスト様と夕飯を食べているときに言われた。

『また社交パーティーがあるから、ついてきてくれないか？』

『はい、わかりました』

『ありがとう。もちろん報酬は出すから、考えといてくれ』

『……はい』

ということで、私は久しぶりにまた社交パーティーに行くことになった。

今回もパートナーが必要ということで、ダンスパーティーのようだ。

カリスト様と踊るのは楽しかったし、それは全く問題ない。

だけど……報酬はどうしようかしら。

前回は精霊樹の枝を頼んだけど、一回のパーティーに出る報酬にしては希少なものをいただいてしまった。

だから今回も報酬——錬金術の素材などをいただくのは図々(ずうずう)しい気がする。

うん、そうね。今回は報酬なしでいいわ。

そう思い、今日の夕食時。

カリスト様が家に来て一緒に食べているときに、そのことを話す。

「カリスト様、今度の社交パーティーについてですが」

「ん、ああ。報酬が決まったか？」

「いえ、決まってないというか、報酬はいりません」

「なに？　アマンダが一緒に行ってくれないと困るんだが……」

カリスト様は眉をひそめた。私が行かないと思わせてしまったようだ。

「いえ、もちろん社交パーティーには行きます。その約束は違（たが）えません」

「じゃあなぜ報酬はいらない……あっ、もしかして」

カリスト様は何か思いついたようで、少し嬉しそうにする。

さすがカリスト様、私が報酬をいらないと言った理由がわかったようね。

「俺と社交パーティーに行きたくなった――」

「前回の精霊樹の枝が特別な報酬だったので、今回も報酬をお願いするのは申し訳ないと思いまして」

「――から……そ、そうか」

「あっ、すみません。同じタイミングで話してしまって。何て言いましたか？」

私の方が声が大きかったようで、カリスト様の言葉が聞き取れなかった。

「い、いや、なんでもない。ただの勘違いだったようだ」

「そう、ですか？」

「ああ……とんでもなく恥ずかしい勘違いをするところだった」

カリスト様は頬（ほお）を少し赤らめて視線を逸（そ）らした。

どんな勘違いをしそうになったのかはわからないけど、恥ずかしがっているみたいだから聞かないほうがいいわね。


そんなことがあって、一週間後。

私はまたカリスト様の屋敷に呼ばれて、準備されていたドレスや宝飾品を、メイドの手により身につけさせてもらう。

久しぶりにこういう衣装を着るので、なんだか違和感があるわね。

「とてもお似合いですよ、アマンダ様」

「そう？　ありがとう、イーヤ」

ナルバレテ男爵家の頃から仲が良かったメイドのイーヤ。

彼女にそう言われたのなら、特に似合ってないというわけではなさそうね。

今回もダンスパーティーということなので、動きやすいドレスではある。

赤を基調としたドレスで、白の刺繍（ししゅう）が入っていてとても綺麗（きれい）だ。

宝飾品もルビーなどの赤いもので揃（そろ）えられている。

私の髪が青いので、赤色のドレスとのコントラストで結構目立ちそうね。

まあカリスト様の隣に立つわけだから、どんなに地味なドレスでも目立つと思うけど。

「いってらっしゃいませ、アマンダ様」

「ええ、いってきます」

イーヤに見送られて屋敷を出ると、屋敷の前に豪華な馬車が停まっている。

そこの前でカリスト様が立っていて、私を見ると笑みを浮かべた。

カリスト様は青いジャケットを着ていて、私の赤いドレスとは対照的だ。

だからこそパートナーだとわかるような衣装ね。

「お待たせしました、カリスト様」

「いや、問題ない。それに……いつも以上に綺麗な君の姿を見たら、待った甲斐があったというものだ」

「あ、ありがとうございます」

初めて社交パーティーに行く前にもこうして褒められたけど、あの時はほとんど動揺しなかった。

こういう場で男性が女性を褒めるのはよくあることだから。

だけど前の時よりもカリスト様と仲良くなったからこそ、なんだかドキッとしてしまう。

社交パーティーの時だけ褒められるならお世辞だってわかるんだけど、普段から時々褒めてくれるのよね。

カリスト様は私が勘違いしないから言っても大丈夫と思っているはず。

だからそういう勘違いは絶対にしちゃダメだ。

「カリスト様もとても素敵ですね。いつもよりもカッコいいです」

「ありがとう。アマンダに言われるのが一番嬉しいな」

カリスト様は笑みを浮かべながらそう言って、私に手を差し出してくる。

私はその手を取って、馬車に乗り込んだ。


数十分後、私たちは会場入りして、いろんな貴族と話していた。

前回行ったときは、最初に話しかけられるまでに結構時間が経っていた。

今回はカリスト様が私を連れてくるとわかっていた人が多いのか、特に様子見することなく話しかけに来る人が多い。

それに……。

「アマンダ様は錬金術師でしたのですね。最近、ファルロ商会で販売されている保湿オイルは、アマンダ様が開発なさったとか」

「あの商品のお陰で今年の冬は乾燥知らずで乗り越えられそうですよ」

「ありがとうございます、皆様」

アマンダ・ナルバレテが錬金術師であることが広まってきて、私に話しかける人が出てきた。

それに保湿オイルが知られていて、さらに使ってもらえているのは素直に嬉しい。

「ぜひうちの商会にもアマンダ様のような優秀な錬金術師が欲しいですね」

「お褒めにあずかり恐縮です。ですが私はまだまだ未熟者ですので」

今はカリスト様が誰かに呼ばれたため、私は一人で待っていた。

商会をやっているという一人の男性が、結構熱心に話しかけてくれる。

特に下心は見えないから、単に褒めてくれているだけのようだ。

「いやいやご謙遜を。アマンダ様が未熟だったら、私の商会の錬金術師は全員、子供のお遊びをしているのかと思いますよ」

「そこまで評価していただいて嬉しいです」

「ええ、よかったら魔道具についてお話ができればと思いまして……」

「アマンダ」

私の後ろからカリスト様の声が聞こえて、振り向く前に彼が私の左隣に立った。

そして私の右肩にカリスト様が手を置いて、少し引き寄せられた。

「カ、カリスト様？」

なんだかいつもよりも低い声で名前を呼ばれたし、肩を抱かれているから距離が近い。

隣に立ったカリスト様は、私と喋っていた人を睨むようにしながら話す。

「失礼。私がいない間、彼女と楽しく話していただいたことは礼を言う」

「カ、カリスト侯爵様……」

「だが、私が連れている女性を口説こうとは……その勇気は称えるが、蛮勇ではないか？」

さらに強い力で肩を抱かれて、カリスト様の胸元に引き寄せられる。

な、なんだか恥ずかしいけど……。

「い、いいえ、口説くなんてとんでもないことです！　ただ私はアマンダ様の錬金術師としての腕前を素晴らしいと話していただけで……！」

「なに？　そうなのか？」

カリスト様は私と視線を合わせて聞いてくる。

顔の距離の近さにドキッとしたのを隠しながら答える。

「はい、そうですよ。彼が私が作った商品を褒めてくださって、魔道具などについてお話しするところでした」

「そう、だったのか……すまない、私の勘違いのようだ」

「い、いいえ、こちらこそ誤解を招くことをしてすみません」

和解したようで、カリスト様も軽く頭を下げて謝った。

だけどまだカリスト様は私の肩を抱いたままだ。

「アマンダ様のような素敵な女性をお連れになっていたら、不安に思うのも無理はありません」

「ふっ、そう言ってくださるとありがたい。そちらの言う通り、私にはもったいない女性だから、不安に思ってしまったようだ」

「ちょ、カリスト様……!?」

「仲睦（なかむつ）まじいようでいいですね。では、私はこれで」

男性は一礼してから、私たちから離れていった。

「カリスト様、今の言い方はいいんですか？」

「ん？　何がだ？」

私は話しやすいようにカリスト様から一歩離れて、胸元から逃れる。

「あんな言い方をしたら、カリスト様が連れてきた女性に夢中で周りが見えない、みたいな印象を与えてしまいますが」

「ああ、特に問題はない。今の男は小さな商会の会長をやっていて知っているが、そんなことを言いふらすような男じゃないしな」

「だといいんですが……」

確かに純粋に私の錬金術の腕を褒めてくれて、下心は特になかった気がする。

貴族の中でも裏表があまりなさそうな人だったわ。

そんなことを考えていると、会場に音楽が流れ始める。

そろそろダンスを楽しむ時間のようだ。

「……それに、その印象はそこまで間違っていないからな」

「はい？　カリスト様、何か言いました？」

「いや、なんでもない」

音楽が流れていたので、カリスト様の小さく呟いた声が聞こえなかった。

とりあえず私たちは会場の真ん中の方まで行き、曲に合わせてダンスをすることにした。

前回は久しぶりに踊ったから靴擦れをしてしまったけど、今回は今日のために練習もしたから大丈夫だと思う。

「では踊りましょうか」

「ああ、そうしよう」

カリスト様と手を繋ぎ、背中に手を回して踊り始める。

前回のようにカリスト様が最初にリードをして、私もそれに合わせて踊る。

そこから私が踊りの振りを変えて、ステップを踏んでカリスト様が合わせて……という感じで踊っていた。

しかし、私はそこで違和感を覚えた。

前回よりもカリスト様が動きづらそうにしているのだ。

私が下手になった、というわけではないと思う。しっかり練習もしてきたし。

「カリスト様、お疲れですか？」

私は踊る速度を少し落としながら、小さな声で問いかけた。

カリスト様は一瞬だけ目を見開いたが、すぐに笑みを見せる。

「やはりアマンダには隠せないか。ちょっと疲れが溜まってきていてな」

「じゃあ前回のようなダンスはやめときましょうか」

「そうしてくれると助かる」

前は結構派手で難しい振りで踊り続けていたけど、今回はゆっくりと優雅に踊る。

そして踊りながらも話を続ける。

「最近は仕事が忙しいのですか？」

「ああ、少しな。嬉しいことに、君の作った保湿オイルが売れているだろう？　だから今のうちにさらなる商会の拡大をと思って、いろいろと仕事をしているんだ」

「なるほど……えっ、じゃあ私のせいですか？」

「いや、違うぞ。むしろ君のお陰と言うべきだ。仕事が増えるのは嬉しいことだからな」

「ですが、それで身体を壊しては……」

「そこまで酷いわけじゃない。疲れを癒すポーションもあるからな」

確かに顔色は別に悪くないし、普通に生活している分には問題なさそう。

だけど疲れが確実に溜まっているのは問題ね。

疲れを癒すポーション以外にも、何か手があればいいんだけど……。

「どこが疲れているんですか？　やはり肩ですか？」

「まあ、そうだな。書類仕事や会議が多くて座りっぱなしだから、腰などもちょっとな」

「なるほど。マッサージなどはしてもらっていますか？」

「キールに頼んで少しやってもらうこともあるが、頻度は高くないな」

多分カリスト様はずっと同じ姿勢でいることが多いから、筋肉が凝り固まっているのね。

疲れを癒すポーションも肩凝りとかに効くけど、やはり限度がある。

もっと根本的に筋肉をほぐして凝りを取る方法は……やはりストレッチやマッサージかしら。

身体をほぐすような魔道具を作れれば、カリスト様の身体を癒せるかしら。

そんなことを考えていたら、曲が終わってダンスを終えた。

私とカリスト様は対面して一礼し、会場の端の方に行って飲み物を飲む。

今回は目立たないように踊ったので、前回みたいにいろんな人に囲まれるということはなかった。

「カリスト様、何か疲れを癒すような魔道具を考えておきますね」

「いや、そこまで困っていることではないから大丈夫だぞ？」

「いえ、そういう身体の不調は少しずつ溜まっていきますよ。今のうちに改善しておかないと。それにそろそろ何か新しい魔道具を作りたいと思っていましたから」

「そうか？　それなら頼む、ありがとう」

「はい」

何を作ろうか、と考えようとしたのだが、ふとどこからか視線を感じた。

左の方を向くと、そこにはナルバレテ男爵家の夫妻がいた。

当主のジェムは私の実父だが、パメラ夫人は義母で、二人とも私を嫌っている。

今も私に憎しみを込めた視線を送っていた。

「アマンダ」

カリスト様も気づいたようで、私の隣に立ってナルバレテ男爵家夫妻の方を睨む。

すると夫妻はビクッとしてから、すぐさまその場を離れて私たちから見えなくなった。

最後に一睨み、私にしてから。

「大丈夫か？」

「はい、特に問題ありません。家にいた頃から、あのくらいの睨み方はされてきましたから」

「……そうか。まああいつらが何かやろうとしても、俺が守るから大丈夫だ」

「あ、ありがとうございます」

その言葉に少しドキッとしたけど、もうすでにカリスト様にはファルロ商会に引き抜いてもらった恩などがあるから、あまり迷惑をかけないようにしないと。

特に私のお父様は、私への睨み方が尋常じゃなかった。

何を考えているのかわからないけど、警戒しよう。

そう思っていたら、また何か視線を感じた。

そちらの方を見ると、一人のご令嬢がいた。

遠目にも紫色の長くて綺麗な髪が目立っていて、美しい女性だ。

そこに立っているだけで目が惹かれる人で、何か独特の雰囲気を持っている。

その女性が、私たちの方に近づいてくる。

「ダンス終わりのお疲れのところ、失礼しますわ」

ハキハキとした美しい声で話しかけられて、私は少し緊張しながらお辞儀をする。

すると隣にいたカリスト様も頭を下げたので驚く。

カリスト様は侯爵家の当主だから、カリスト様の方から頭を下げる相手は少ないはず。

目の前に来たご令嬢は、そんなカリスト様が頭を下げる相手ということだ。

「デレシア嬢。ご挨拶が遅れてすみません」

「いえ、大丈夫ですわ。今日は私が主催するパーティーに来てくださってありがとうございます」

「レンホルム公爵家のご令嬢のお誘いを無下になどできませんから」

っ、レンホルム公爵家の令嬢なのね、この方は。

カリスト様と話していたデレシア様は、私と視線を合わせてにっこりと笑う。

「あなた様は初めましてですわよね？」

「はい、デレシア様。初めまして、アマンダ・ナルバレテと申します」

「デレシア・レンホルムですわ」

デレシア様は笑顔だが、なんだか目の奥が笑っていないように感じられる。

私のことを観察しているような感じだ。

「まさかカリスト様が女性をパートナーとして連れてくるとは思いませんでしたわ」

「ダンスパーティーとのことでしたので、パートナーは必要かと思いまして」

「そうですのね。カリスト様に踊る相手がいらっしゃらないなら、私が一緒に踊ろうかと思いましたのに」

「身に余る光栄ですが、今宵の私にはパートナーがいますので」

なるほど……今の会話で推測するに、デレシア様はカリスト様を狙っているのかしら？

公爵令嬢ともなると王族の方と婚約することもあるけど、デレシア様はまだ誰とも婚約していないのね。

それなら公爵家の力をさらに上げる家柄の人との政略結婚か、ただの恋愛結婚かどちらかを選ぶ。

その点、カリスト様は完璧な相手だろう。

ビッセリンク侯爵家の当主で、国一番のファルロ商会の会長だ。

侯爵家当主だからデレシア様が嫁ぐ形になると思うけど、それでレンホルム公爵家の地位が下がったなどと誰が言うのか。

カリスト様はとてもいい人で容姿も整っているから、恋愛結婚でもおかしくない。

デレシア様の気持ちはわからないけど、カリスト様を狙っていそうではある。

じゃないとダンスパーティーでデレシア様の方から「踊りたい」とは言わないだろう。

「ええ、カリスト様のパートナー……あまり存じ上げませんが、ナルバレテ男爵家の方ですわよね？」

「はい、そうです」

私は笑みを浮かべながら頷くが、少し警戒する。

また前みたいに「男爵家の令嬢なら私の方が……」というようなことになるかも、と思って。

「男爵家の方にしては、作法が綺麗ですわね。ダンスもとても優雅で美しかったですわ」

「っ、ありがとうございます、光栄でございます」

まさか褒められるとは思わず、驚いてしまった。

さすがに公爵令嬢の方だから、そこらへんをしっかり見ていたのだろう。

「どこかで習っていらしたの？」

「学院に入っていまして、そこで一通り習っておりました」

「まあ、そこだけで？　専門の先生を雇って習うことはなく？」

「はい、ありませんでした」

「それは素晴らしい才能ですわね。学院での成績もよかったんじゃありませんの？」

「総合の結果ですが、首席で卒業いたしました」

「すごいわ、私でも総合での首席は無理でしたのに。その時はカリスト様が首席でしたもの」

「いえ、いつデレシア嬢に追い抜かされるかとひやひやしていましたよ」

「ふふっ、お上手ですこと」

なんだか、意外と穏やかに会話ができていてビックリだ。

デレシア様も楽しそうに笑みを浮かべている。

「アマンダ様は今、お仕事などは何をしているのかしら？」

「錬金術師をしています」

「アマンダはファルロ商会の開発部、副部長なんですよ」

「まあ、カリスト様の商会の？　その若さで副部長なんて、すごいですわね」

「いえ、周りに助けていただいてばかりです」

「最近は保湿オイルを開発して、ファルロ商会の目玉商品となっていますよ」

「保湿オイル？　存じ上げていませんでしたわ」

「今度、レンホルム公爵家の方に贈らせていただきますよ」

「いえ、自分で買うので大丈夫ですわ。お気遣い感謝します」

そんな話をしていたら、ダンスの曲が一度終わって、また次の曲の準備が始まる。

そのタイミングで、周りでいろんな男性がソワソワとし始めたのが見える。

おそらくあの男性たちは、デレシア様をダンスに誘いたい方々なのだろう。

「では、私はそろそろ行きますわね」

それを知ってか知らずか、デレシア様が一礼してから去っていった。

私たちのもとから離れると、すぐに何人もの男性に囲まれてダンスの誘いを受けていた。

話し声は聞こえないけど、デレシア様は歩くのをやめないし誰の手も取らないから、誰とも踊るつもりはないのだろう。

「アマンダ、大丈夫だったか？」

「カリスト様。はい、大丈夫ですよ。公爵家の方に話しかけられて、少しビックリしましたが」

「デレシア嬢は公爵家の方々の中では、話しやすくて社交的なほうだ。だがあまりこういうパーティーを主催する人ではないんだがな」

「確かに、あまり聞きませんね」

「何か目的があってだと思うんだが……いや、自惚れだな」

カリスト様がふっと笑ってそう言った。

もしかして、カリスト様と会いたかったから？

もしくはカリスト様のパートナーである私を見たかったとか？

前の社交パーティーで、カリスト様が女性を連れてきたというのは話題になったらしいから。

しかも……その時に私を横抱きにして会場を出ていったので、さらに話題になったようだ。

「デレシア様は、カリスト様のことをお慕いしているのですか？」

「さあ、直接言われたことはないからな。婚約を申し込まれたことも、もちろんない」

「……もし申し込まれたら、どうするんですか？」

レンホルム公爵家の令嬢との婚約話なんて、普通の貴族の男性だったら喉から手が出るほど欲しい話だろう。

しかもデレシア様はとても美人だし。

カリスト様にとっても、嬉しいことなのかもしれないと思ったけど……。

「ふむ、数年前だったらとても悩んだだろうな。レンホルム公爵家と繋がったら、ファルロ商会の事業拡大は大きく期待できるからな」

「はい、ですよね」

やはりカリスト様も政略結婚として、デレシア様との結婚は悪くないと思っていたのね。

「だけど今は……もし婚約話がきても、考える間もなく断るな」

「そうなのですか？」

「ああ、数年前はファルロ商会がまだ国一番と呼べるような商会ではなかったときだ。だからその時に婚約話がきていたら、飛びついていたかもしれん」

「なるほど、今は必要ないと？」

「ふっ、そうだな、最近は優秀な錬金術師も雇えたことだし」

「……誰のことですか？」

「さあ、誰だろうな」

おそらく私のことなんだろうけど、カリスト様はニヤッと悪戯っぽく笑う。

少し恥ずかしくなって、視線を逸らす。

「じゃあ公爵家との政略結婚はないんですね」

「ああ。それに……今俺は、恋愛結婚をしたいと思っているから」

「……えっ？」

カリスト様の言葉に、目を丸くしてしまった。

まさか、カリスト様が恋愛結婚を？

えっ、それはすでに好きな人がいるということなのかしら？

それとも、これから好きな人を作って恋愛結婚をしたいということ？

うーん、おそらく後者かしら？

だってすでに好きな人がいるなら、その人をパートナーに誘ってパーティーに行くはずだし。

今はいないから、私をパートナーにしているのだろうし。

「驚いたか？」

「はい……少し驚きましたが、応援してます」

「応援？」

「はい、カリスト様がこれから好きな人が出来て、その人との恋愛が成就することを応援します」

「……そうか」

カリスト様は複雑そうな笑みをしながら、小さな声で返事をした。

「ど、どうしました？　何か気に障ることを言いました？」

「いや、大丈夫だ……ちょっと喉が渇いたから、飲み物を取りに行ってくる。アマンダもいるか？」

「あっ、はい、ありがとうございます」

「ああ……」

カリスト様は少し元気がなくなったみたいで、ゆらゆらと揺れながら歩いていく。

喉が渇いたというのも嘘だろう、近くのテーブルに置いた彼のグラスにはまだ飲み物が入っているから。

「全く意識してもらってないな……いやわかっていたことなのだが……」

遠目に口が動いているのがわかるんだけど、何を言っているのかはもちろん聞こえない。

カリスト様、大丈夫かしら？

だけど、カリスト様は恋愛結婚をしたいのね。

彼なら好きな人が出来たら、いつでも恋愛結婚ができるだろう。

侯爵家の当主でファルロ商会の会長、容姿も端麗。こんなに完璧な人はなかなかいないと思う。

いつかカリスト様が素敵な女性と出会って結婚できることを祈ろう。

……なんだかその時のことを考えて少し胸が痛む気がするけど、気のせいね。


――社交パーティーから、数週間後。

私は家で一人、魔道具の研究をしていた。

最近、家に錬金術ができる部屋を作ったのだ。

今までも軽くやっていたんだけど、本格的な実験や研究などはできなかった。

だけど最近になって、家に地下室を作ったのだ。

前から作りたいとは思っていたけど、この家はカリスト様から借りている形だった。

だから作るのは遠慮していたんだけど、最近はファルロ商会のお陰で稼がせてもらっている。

私が取得した特許をもとに作られている疲れを癒すポーション、さらに保湿オイル。

それらのお陰で臨時収入が多く、さらにファルロ商会はもともとの給料も高い。

そして稼いだお金でこの家を借りるのではなく、買ったのだ。

カリスト様は「別に買わなくてもいいんだぞ」と言ってくれたが、私の良心が許さなかった。

買った家なので私が改装しても問題ないと思い、地下室を作って錬金術が存分にできるようになった。

まあ、カリスト様には「家で仕事はやらないように。趣味の錬金術もやりすぎないように」と言われたけど。

今は趣味、というかカリスト様のための魔道具を作ろうとしている。

マッサージ器と、精霊樹の枝を使った魔道具だ。

筋肉をほぐすためのマッサージ器は、もうイメージは出来ているから作れるだろう。

だけど精霊樹の枝を使った魔道具は、どんなものを作ろうかといまだに迷っている。

魔武器は難しいとして、何を作ればいいのか。

最初は、カリスト様は認識を阻害するマントを身につけることが多いので、あれの上位互換を作ろうかと思った。

だけどあの認識阻害は私以外には結構効いているみたいだし、あれ以上のものを作ったら困るのはカリストさんをいつも探しているキールさんだ。

はぁ、どんなものを作ればいいか迷うわね。

そんなことを考えていたら、お腹の虫が鳴いた。

今日は休日なんだけど、そういえばお昼を食べていなかったわね。

時計を見ると、もう夕方に近い時間だ。

一度休憩しようと思い、地下室から出てリビングに向かう。

リビングのテーブルの上にはいくつかの手紙がある。

おそらく社交パーティーやお茶会の誘いの手紙だろう。

カリスト様のパートナーということで、最近はいろんな貴族から誘いの手紙が来るようになった。

全部出ないといけないのかと思って困っていたんだけど、カリスト様は「一つも出なくていい。断りの返事もこちらがやっておく」と言ってくれた。

だからこれらの手紙は今度、カリスト様が来たときに渡すつもりだ。

だけど一応、差出人くらいは見ようかしら。

手紙をいくつか手に取り、差出人を一つずつ見ていく。

えっと、これは子爵家から、次は男爵家、これは伯爵家ね。

本当にいろんな貴族から来ているから、やはりカリスト様のパートナーとして注目されているのだろう。

次に、これも伯爵家。次は公爵家……えっ!?

「公爵家……!?」

思わず声を上げて驚いてしまう。

もう一度確認しても、やはり公爵家だ。

レンホルム公爵家……つまりデレシア様の家だ。

ま、間違いで届いたとかではないわよね？

本当はカリスト様に送ろうとしたけど、私のもとに届いたとか？

宛先の名前のところを見ると、アマンダ・ナルバレテと書いてあった。

うん、やっぱり私宛てのようね。

えぇ……本当に？

これはさすがに私が確認したほうがいいわよね？

もちろんカリスト様にも確認してもらうつもりだが、公爵家の方が私に手紙をくれているのだ。

それを確認しないのはマズいだろう。

私は緊張しながらも手紙を開けて、書かれた内容を読んでいく。

やはり差出人は、デレシア様のようだ。

そしてこれは、私に対するお茶会の誘いだ。

デレシア様が私と話したいと言って、レンホルム公爵家の屋敷に招待してくれている。

……本当に？

本当に私が、レンホルム公爵家に？


そして一週間後……私は、レンホルム公爵家に来ていた。

デレシア様からお茶会の招待を受けたということをカリスト様に話したら、彼もとても驚いた様子だった。

『さすがにレンホルム公爵家からの誘いは俺が遠回しに断ることはできない。すまないが、断るならアマンダの方から断りの手紙を書いてくれ』

と言われた。

でも特に断る理由も思いつかないし、レンホルム公爵家からの誘いを無下にはできない。

だから来たんだけど……まず豪華すぎる屋敷に驚いている。

カリスト様の屋敷にも何度か行ったことがあるから、豪華な屋敷は見慣れていると思っていたけど、さらに大きいし煌びやかだ。

屋敷に着くと綺麗なメイドさんに案内されて、中に通される。

飾ってある絵画や壺など……一体いくらするのか。

そう思いながら案内されて入った部屋に、すでにデレシア様がいらっしゃった。

「アマンダ様、ようこそいらっしゃいました」

「デレシア様、こちらこそお誘いいただき光栄です」

「いえいえ、ぜひアマンダ様とお話ししたいと思っておりましたわ。お座りになって」

「はい、失礼します……その、私以外のご令嬢は？」

「呼んでおりませんのでいらっしゃいませんわ。どなたかお会いになりたい方でもいましたか？」

「い、いいえ、大丈夫です」

まさか二人きりだとは思わず、緊張度がとても高まった。

いや、手紙の内容からして二人きりだということは伝わってきていたけど、本当に二人だとは。

私はデレシア様の対面に座って、顔を合わせる。

やはり正面から見ても、とても綺麗な人ね。

「苦手なお茶はありますか？」

「いえ、ないです」

「では私の好きなハーブティーをお出ししますわ」

「ありがとうございます」

すでに用意されていたようで、メイドさんが私とデレシア様の前にカップを置く。

テーブルの上にはすでにスイーツが並んでいる。

「まずは軽く食べましょうか。私とお茶会をしてくださるご令嬢は多いんですが、皆さんスイーツなどをあまり食べないんですの」

「そ、そうなんですね」

多分、緊張で食べ物が喉を通らなかったのでは？

私もあまり食べられそうにないんだけど、これはしっかり食べないといけないわね。

幸いにも昼食時なので、お腹は空いている。

ひとまず、淹れていただいたハーブティーを一口飲む。

「……ふぅ、美味しいですね」

「そうでしょう！　私のお気に入りのハーブティーですわ」

「はい、これはラベンダーのハーブティーですか？」

飲む前の香りと、飲んだときの味、それがラベンダーに似ていた。

「ええ、そうですわ。私はもともとラベンダーが好きで、ラベンダーだけが咲く庭園も持っていますの」

「それはすごいですね。機会があれば見せていただきたいです」

「ええ、まだ時期じゃありませんが、魔術で管理しているのでいつでも咲いていますから」

本当にラベンダーがお好きなのね。

デレシア様は髪も艶やかな紫色だし、服も紫に近い色のドレスを着ている。

きっとラベンダーの色もお好きなのでしょう。

「ぜひスイーツも召し上がって」

「はい、いただきます」

しばらくそうしてスイーツを食べて歓談していた。

私からデレシア様に何を質問していいかわからなかったのだが、デレシア様が意外と私に質問をしてくれたので、会話が途切れることはなかった。

話の上手さなどはやはり公爵令嬢らしく、なんとなくカリスト様と似通った部分があると思った。

「まあ、ではアマンダ様は今は一人暮らしですのね」

「はい、カリスト様に拾っていただき、ファルロ商会に入ってからは一人暮らしです」

「貴族の令嬢で一人暮らしをするのは珍しいですわね。家が恋しくなったりしないのかしら？」

「そうですね……お恥ずかしいことですが、両親や妹と仲が良くないので、一人暮らしの方が気楽で」

「そうでしたのね。一人暮らしの方がアマンダ様に合っているならよかったですわ」

「はい、私は錬金術も好きなので、家で一人だと存分にできるから楽しいです」

上辺だけの会話というわけじゃないけど、深くまで踏み込みすぎないのが上手い。

話していて楽しいし、デレシア様の反応もニコニコとしていて可愛らしい。

最初は公爵令嬢だし気位の高い人なのかなと思っていたけど、どうやら違うみたいだ。

「アマンダ様はとても優れた錬金術師のようですね。前の社交パーティの時は私の勉強不足で存じ上げなかったのが申し訳ないですわ」

「いえ、まだまだ未熟ですので。そう言っていただけると嬉しいです」

「ふふっ、ご謙遜を。緑のポーション、ドライヤー、それに保湿オイル……どれも素晴らしいですわ。アマンダ様が開発したとは知らずにファルロ商会のドライヤーは使っておりましたの」

「それは本当に嬉しいです。ありがとうございます」

ドライヤーに関しては私が一から作ったものではなく、既存の製品にひと手間加えただけだけど。それでも誰かに使ってもらっていて、自分が携わった商品が役立っていると聞くのは嬉しい。

「保湿オイルですが、これはアマンダ様が一人で一から開発したものということですわよね？」

「はい、そうです。よくご存じで」

「これでも公爵家なので、情報は集まりやすいんですよ」

「な、なるほど」

私が特許を取ったというのは知れ渡っていると思うが、一人で一から作ったというのは世間では知られていないはず。

レンホルム公爵家はやはりすごいわね……どれだけの情報を持っているのだろうか。

「私も使ってみましたが、本当に素晴らしい商品でした。特に、手だけではなく顔にも使える点がいいと思いましたわ」

「ありがとうございます」

「それに、特に香りが……ええ、先ほども言いましたが、私はラベンダーが好きで」

「あっ、そうでしたね。ラベンダーの香りの保湿オイルは、お試しになりましたか？」

「もちろんですわ！　本当に素晴らしくて、あんなにラベンダーの香りが本物に近い商品は初めてでしたの！　このラベンダーのハーブティーが最高だと思っていましたが、まさか超えられる商品に出会えるなんて、本当に嬉しいですわ！」

「そ、それならよかったです」

一気に目がキラキラして、饒舌になったデレシア様。

それだけラベンダーが好きということなのね。

私が少し引いたのがわかったのか、デレシア様はハッとして恥ずかしそうにこほんと咳をする。

「し、失礼しましたわ。私、好きなものについて喋るときはいつも熱が入ってしまって……」

「いえ、私も錬金術のことを話すときは熱が入ってしまうので、同じですから」

ファルロ商会の同じ錬金術師の人にも引かれることがあるので、私も相当だ。

私の錬金術の話を引かないで聞いてくれる人は、カリスト様とオスカルさんくらいだろう。

特にオスカルさんは一緒になって話に熱中してくれるから、他の人にもそのテンションで話すと本当に引かれてしまう。

デレシア様も聞き上手なので私は無意識に熱が入ってしまうかもしれないから、引かれないように気をつけないといけない。

「それで、アマンダ様が作ったラベンダーの保湿オイルですが、なぜあんなに香りが本物に近いんですか？　何か特別なことを？」

「そうですね……おそらくあのオイル自体が植物性の成分で出来ていますので、ラベンダーの香りの成分と上手く混ざり合うのです。他のラベンダーの匂いがする商品を詳しく調べないとわかりませんが、植物性の成分だけを使っているというのが違うところかもしれません」

「なるほど……成分だけを取り出すというのは、錬金術でやっていらっしゃいますの？」

「はい、そうです。まずはラベンダーがどういう成分で出来ているかを理解して、香りの成分だけを抽出する形です」

「香りだけを抽出？　聞いたことがありませんわね。難しそうですわ」

「抽出すること自体は錬金術師であれば問題なくできますが、一つの成分だけを抽出するというのは難しいかもしれません。特に香りというのは難しく、成分を入れすぎると匂いが強すぎたりしますし、逆に弱すぎることもあります。そこの配分が難しく……っ！」

はっ、気づいたら錬金術の話になっているから、熱が入って話してしまっていた。

「す、すみません、夢中になって話してしまい……」

「それに何か問題が？」

「えっと、聞かれていないことまで話してしまって、退屈させていないかと思いまして……」

「全く退屈していませんわ。それに私が聞きたくて質問していることですし、むしろ楽しませてもらっていますわ」

デレシア様はそう言って優しい笑みを浮かべてくれた。

な、なんていい人なの……！

最初に少し気位の高い人かもって思ったことに罪悪感を抱くほどだ。

「ありがとうございます、デレシア様。私もデレシア様とお話ししていてとても楽しいです」

「まあ。私もこうして二人きりで話せる方はなかなかいないので、嬉しいですわ」

おそらく公爵令嬢という身分があって、貴族の令嬢たちは緊張して喋れないのだろう。

私はあまり自分が貴族であるという意識はないし、いつも侯爵家当主のカリスト様と食事を共にしているから、喋れているけど。

冷静に考えると、公爵令嬢と男爵令嬢が二人で話す機会なんて、普通はないだろう。

「それで、アマンダ様に少し質問なんですが……」

「なんでしょう？」

「保湿オイル以外に、ラベンダーの香りの商品とかは今後出しますの？　例えば美容系の商品などは」

「今のところ予定はありませんね」

「まあ、そうですの……」

デレシア様は質問をしたときはうきうきとしていたのに、私が答えると目に見えて落ち込んでしまった。

本当にラベンダーの香りの商品が好きなようね。

なんだか可愛らしい。

「デレシア様はどんな美容系の商品が欲しいんですか？」

「そうですね……やっぱり香水は欲しいですわ。もちろんラベンダーの匂いがする香水です。すでに持っていますが、アマンダ様の保湿オイルの方が匂いがいいんです。あとはシャンプーやトリートメントもあれば嬉しいですわ。今使っているのは性能と匂いのどっちを取るかを考えて、ラベンダー色の髪の美しさを維持するために性能が良いのを選んでいますの」

「なるほど……ラベンダーの匂いがする香水と、ラベンダーの匂いがする性能が高いシャンプーとトリートメント、ということですね」

「ええ、ぜひ欲しいですわ」

「わかりました、作らせていただきます」

「本当ですの!?」

今日一番の反応を見せるデレシア様。

その可愛らしさに、私は思わず少し口角を上げながら答える。

「はい、香水やシャンプーなどは作ったことがなかったですし、作ってみたいと思いました」

「そ、それは嬉しいですわ！　出来たときは、試作品でもいいですのでぜひ試させていただきたいですわ！」

「もちろんです。一番にデレシア様にお渡しすることを約束します」

「ありがとうございます！　本当に嬉しいですわ！」

ニコニコと笑うデレシア様、本当に綺麗で可愛らしい。

いつも綺麗なのに、笑うと可愛らしいのはズルいわね。

でもデレシア様は、確かカリスト様と同い年のはず。

だから私よりも年上なのよね……全然そうは見えないわ。

「何か私に手伝えることがあれば、ぜひおっしゃってください。なんでも手伝いますわ」

「ありがとうございます。それならラベンダーの花をいくつか卸していただきたくて……」

ラベンダーは暖かい気温の時に花が咲く植物であり、ここ最近は寒いので出回っていない。

保湿オイルを作ったときは出回っていたし、今はファルロ商会の方でもラベンダーを栽培しようとしているが、まだ上手くできていないらしい。

「もちろん、そのくらいはいたしますわ！　あとで必ずアマンダ様にはラベンダーの庭園にご案内いたしますわ」

「ありがとうございます。匂いなど参考にさせていただきますね」

「はい！　私はその庭園の景色や匂いが好きなので、ぜひ香水やシャンプーの香りに取り入れていただきたいですわ！」

「ええ、もちろんです。ラベンダーの香りに関してはデレシア様の方が詳しいと思いますので、試作品をいくつか作って試していただいて、より良いものを作らせていただければと思っていますが、大丈夫ですか？」

「もちろんです！　協力は惜しみませんわ！」

最初のころよりも随分とテンションが高いデレシア様。

私も新しいものを作れる、錬金術ができると思うと嬉しいわ。

「シャンプーの性能も知りたいんですが、特許を取っているシャンプーやトリートメントの成分を勝手に調べるのは禁止されていますし……どうしましょうか」

特許を取っている人に成分などを調べさせてほしい、と言って許してもらえればできるんだけど、商品として売り出しているんだったら許可を取るのは難しい。

教えてしまったら真似される可能性が高いからだ。

「あっ、それなら問題ありませんわ。私が使っているシャンプーやトリートメントは、私が作ったブランドの商品ですので」

「えっ、そうだったんですか」

「はい、特許は私が持っていますし、アマンダ様にでしたら成分などは教えて差し上げますわ」

「いいんですか？」

「もちろん、ラベンダーの匂いがする商品を作ってほしいとこちらが頼んでいますので、このくらいはいたしますわ」

成分を教えてもらえるのはとてもありがたい。

いろいろと試して一から作るつもりだったけど、大幅に時間短縮ができるわね。

「ではこれからラベンダーの庭園に行きましょうか！　そこでいくつか花を摘んでもらって構いませんわ！」

「はい、お願いします」

私とデレシア様はその後、ラベンダーの庭園に行って時間を過ごした。

デレシア様が私をお茶会に呼んだ理由は、おそらくラベンダーの美容品を作ってもらいたかったからなのね。

私も新しく作るものが出来て嬉しいし、デレシア様もとてもいい人なので、いいものを作って喜ばせたいわ。


そして、デレシア様とのお茶会があった数日後。

もういくつかの試作品が出来たので、私はレンホルム公爵家にそれらを送った。

今回の商品はデレシア様が気に入るものが出来ればいい、と私は思っている。

それがファルロ商会で売り出せるかどうかはわからない。

だから仕事の時間ではなく、趣味の時間として香水とシャンプー、トリートメントを作っていた。

カリスト様に作るマッサージ器と精霊樹の枝を使った魔道具も、もちろん研究を進めているけど。

デレシア様に言われたものの方がすぐに作れたから、彼女が気に入る香りなどを確認するために試作品を送ったのだ。

「アマンダ、忙しそうだけど大丈夫なのか？」

デレシア様に試作品を送ったその日、カリスト様と家で夕食を食べていた。

最近は仕事がある日でも、帰ってからすぐに地下室で研究していたから、心配させてしまったようだ。

「大丈夫ですよ。そこまで無理はしていないですし、研究は楽しいので」

「それならいいが……あまり根を詰めすぎないようにな」

「はい、ありがとうございます」

そんな話をしながら夕食を食べる。

カリスト様はいつも「今日も美味いな」と言ってくれるから嬉しい。

何回も作っているから、私が作る味も慣れてきたはずなのに。

私も毎回「ありがとうございます」と言って、穏やかな時間が過ぎる。

そして夕食を食べ終えて、魔道具で皿洗いをする。これを使うのも慣れたものね。

私とカリスト様の二人分の紅茶を用意していたときに……家の来客用のベルが鳴った。

この時間に来客なんて珍しいから驚いた。キールさんかしら？

私は「はーい」と軽く返事をしながら扉を開けようとしたのだが、外から声が響いてくる。

『夜遅くに失礼しますわ。アマンダ様はいらっしゃいますか？』

「えっ……!?」

「な……！」

外から聞こえてきた声に、私とカリスト様が同時に小さく声を上げた。

『私、デレシア・レンホルムです』

「デ、デレシア様……!?」

まさかデレシア様だとは思わず、目を丸くした。

少しだけ呆然(ぼうぜん)としてしまったが、ハッとしてカリスト様を見る。

カリスト様も声には出していないが、マズいというような顔をしていた。

侯爵家当主のカリスト様が、婚約もしていない独り身の女性の家に上がり込んでいるなんてバレたら、いろいろと大変なことになるだろう。

たとえ社交界でパートナーとして連れているとしても。

「ど、どうします？」

「居留守は……さすがにできないな。灯(あか)りが外に漏れているだろうし」

私とカリスト様は小さな声で話しながら相談する。

デレシア様の用件はわからないけど、家の中を見せずに帰っていただくのは難しそうだ。

であれば、カリスト様に隠れてもらうしかない。

「カリスト様、地下室に隠れていてください」

「そうだな、そうしよう」

私はリビングの端の方の床に魔力を押し流す。

すると床が横にずれて、そこから地下室に入れる穴が開いた。

もともと普通の床だったんだけど、私が改装したのだ。

魔力を流し込まなければ普通の床なので、そこに入り口があることを知らないと気づかないだろう。

「梯子（はしご）になっているので降りにくいかもしれませんが」

「いや、問題ない。じゃあ俺は地下室で静かにしておく」

「はい、お願いします。地下室にリビングまで伸びている伝声管があるので、そこからこちらの会話が聞こえるかと思います」

「なるほど、わかった」

カリスト様が梯子で降りていくのを確認して、また床に魔力を流して入り口を閉める。

よし、これで大丈夫。

デレシア様も待たせているので、少し深呼吸をしてからドアを開ける。

「デレシア様、出るのが遅くなってすみません」

「いえ、大丈夫ですわ。こちらこそ夜分遅くにすみません」

「何かご用でしょうか？　とりあえず中にどうぞ」

「ありがとうございます、失礼しますわ」

外には馬車が停まっていて、しっかり送ってきてもらったようだ。

デレシア様はあまり目立たないようにするためか、マントを着てフードを被（かぶ）っている。

よく見ると魔力がこもっているので、カリスト様が着ているコートのような効果があるのかしら。

デレシア様は中に入るとフードを取って、家の中を軽く見回す。

「ここがアマンダ様がお住まいになっている家なのですね。とても住みやすそうな家ですわ」

「デレシア様を招待するのには狭いと思いますが……」

「いえ、私の家の一室くらいの広さはあるので、問題ありませんわ」

確かにここら辺の家の中じゃ結構広めだ。

カリスト様が用意してくれたので、おそらくいい家を探してくれたのだろう。

「あら、この魔道具は何かしら？　結構大きいですわね」

「それは全自動食器洗い機ですね。名前の通り、自動で食器を洗ってくれるんです」

「まあ、便利ですね」

デレシア様は興味津々というように魔道具の外装を見て、中も覗（のぞ）く。

私の作った魔道具に興味を持ってもらうのは嬉しい。

デレシア様は魔道具から視線を外して、また軽く家の中を見回す。

「あら……」

するとデレシア様は小さくそう呟いて、床をじっと見ている。

えっ、そこは地下室の入り口よね？　気づかれている？

「あ、あの、デレシア様、今日はどういったご用件で？」

私は注意を逸らすために話しかける。

デレシア様はハッとして、私の方を向いて笑みを浮かべる。

「そうでした！　試作品、試させていただきました！」

「あっ、そうだったんですね。どうでしたか？」

「ほんっとうに素晴らしかったですわ！　もう素敵すぎて！」

とても目をキラキラとさせてそう伝えてくれるデレシア様。

そこまで喜んでくれると私も嬉しい。

「もうこの感動を手紙では伝えられないと思いまして！　それで会って直接伝えたいと思ったのですが、すぐにでも伝えたいと思って……この時間に急遽(きゅうきょ)来てしまいました」

「そうだったんですね」

「はい、急な訪問で申し訳ありませんわ」

「いえ、大丈夫ですが……その、なんで私の家の場所がわかったんですか？」

「ふふっ、公爵家なので」

「な、なるほど」

ニコッと笑みを浮かべているデレシア様。

これ以上踏み込んで聞くのは怖いわね……。

とりあえず紅茶を淹れてデレシア様をソファ席に案内して座ってもらう。

「ちょうど紅茶を淹れていたんですが、お飲みになりますか？」

「あら、じゃあいただきますわ。ありがとうございます」

「いえ、どうぞ」

カリスト様と飲むための紅茶だったけど、それをデレシア様に出す。

どうせ今淹れたのをデレシア様が帰った後にカリスト様と飲んでも、冷めているだろうし。

あとでもう一度淹れ直せばいい。

「ふぅ……美味しいですわ」

「ありがとうございます」

「アマンダ様は紅茶を淹れ慣れているみたいですわね。カップをしっかり温めているようで」

「はい、その方が紅茶の温度が下がらないで美味しく飲めますので」

「そうですね。そちらのカップも温めているんですか？」

「はい」

「そうなんですね……素晴らしいわ」

ニコッと笑うデレシア様、なんか含みがあった気がするけど……気のせいかしら？

紅茶を軽く飲んでから、試作品の話をする。

「試していただいた香水とシャンプー、トリートメントですが、どれが一番いいとかありましたか？　いくつか香りの候補などを送りましたが」

「どれもよかったですが、やはり私はラベンダーの香りが好きなので、一番濃い香りのものが好きでしたわ」

「なるほど……もっと濃くすることもできますが、どうしますか？」

「まあ、そんなこともできますの？」

「はい、あまりお勧めしませんが……」

「どうしてですの？」

「匂いが強すぎて、社交界などにつけていくのには少し躊躇（ちゅうちょ）すると思います。普段使いには向かなくなるかと」

「なるほど……私はいいかもしれませんが、ラベンダーの香りが好きじゃない方もいますものね」

「はい、だから香水は濃くしないでいいかと。ですがシャンプーやトリートメントは強くしても問題ないかもしれません」

「そうですわね！　バスタイムで楽しむ分には、香りが強くても問題ありませんわよね！　ですが性能が落ちたりはしませんの？」

「もう少し香りを強くしても問題はないと思います」

「ではシャンプー、トリートメントはもう少し香りを強くしていただけると幸いですわ」

「わかりました」

手紙じゃなくて対面で話したほうが効率が良かったから、デレシア様が来てくれてよかったかも。

いきなりじゃなければね……。

だけど本当にラベンダーの香りが好きなようね。

とても楽しそうに話しているから、こちらも嬉しくなる。

「本当にアマンダ様に頼んでよかったですわ。あっ、試作品のお礼ですが、こちらを」

「えっと、これはなんですか？」

「小切手です」

デレシア様が懐から出した紙、思わずそれを受け取ったけど……小切手？

小切手にはお金の額が書いてあるけど……なんだか単位がおかしい。

「デ、デレシア様？　これをなぜ、私に？」

「もちろんお礼ですわ。あっ、完成したときにもお渡ししますので、どうかご安心を」

「い、いやいや！　試作品だけでお金はいただきませんよ！　それに額が、額が絶対におかしいです！」

「ふふっ、もう少し上げてほしいってことですの？」

「違います！　逆ですから！」

笑っているから絶対にわかって言っていると思うけど……！

私は一度落ち着くように深呼吸をしてから喋る。

「本当に……試作品だけでお金は受け取りませんよ。それに完成しても、こんな額はいりません」

「……そうですか、わかりました。試作品でお金を渡すのは確かにやりすぎました。ですが私はこれくらい感動した、と思っていただきたいですわ」

「はい、ありがとうございます」

小切手を返すと、デレシア様は納得できていないような表情で、しぶしぶ懐にしまった。

「完成品が出来たら報酬はもちろん払いますから」

「ありがとうございます」

「ええ、では急な訪問でしたし、私はそろそろ帰りますわ」

デレシア様が立ち上がってドアの方へ行くので、私も見送るために立ち上がる。

彼女はドアを開ける前に振り返った。

「急な訪問で失礼しましたわ」

「いえ、驚きましたが大丈夫です。試作品の感想も直接聞けて嬉しかったですから」

「それならよかったですわ。お隠れの方にも謝っていただけると嬉しいです」

「はい……えっ？」

デレシア様の言葉に、私は目を丸くした。

お隠れの方って……もしかして、カリスト様が隠れていたことに気づいていたの？

「ど、どういうことでしょう？」

「ふふっ、隠すならもう少し証拠を隠滅してくださいませ」

「……どこで気づきました？」

確実に気づかれているようなので、観念してそう問いかけた。

「まずは食器を洗う魔道具、中も見させていただきましたが、二人分の食器がありました。それに紅茶のカップ、私は急に来たのにすでに二つのカップが温められていましたわ」

「うっ……」

た、確かに……いきなりのことだったから、食器は隠しきれていなかった。

それにデレシア様の観察眼もすごい、まさかカップが二つ温まっているというのが証拠になるなんて。

「お隠れの方は地下室にいますの？」

「はい……そこまでわかるんですね」

「ふふっ、私は学院でも成績優秀なほうでしたのよ？　床に微量の魔力があって、動いた跡もあればわかりますわ」

「さすがです……」

そういえば学生の頃はカリスト様と競い合っていたみたいなことを言っていたわね。

「どなたがいらっしゃるのかは聞きませんわ」

「はい、ありがとうございます」

「では、私はこれで。ごきげんよう、アマンダ様」

デレシア様はニコッと笑って、家を出ていった。

私は彼女が馬車に乗り込んで去っていくのを見送ってから、ふぅとため息をついた。

とりあえず誰かを隠していたのは気づかれたけど、カリスト様だというのは気づかれなかったからよかった。

私は地下室に続く床のところに魔力を流して開ける。

するとカリスト様が上がってきて、苦笑していた。

「伝声管からリビングで話す声は聞こえていたが、気づかれるとはな」

「すみません、私が証拠を隠せなかったので……」

「仕方ない。それにデレシア嬢も誰を隠したかは探らなかったから、特に問題ないだろう」

「ですかね……」

「ああ……まあアマンダが隠さないといけない人と会っている、というのは伝わっていると思うが」

「そこからカリスト様が来ていた、とはわかりませんよね？」

「多分な」

「それならいいですが……」

だけど、デレシア様は敵に回すと怖いタイプね……。

公爵家だからそりゃそうなんだけど、公爵家ということを除いてもデレシア様は優秀なのだろう。

デレシアがアマンダの家を訪問してから、数週間後。

ついにラベンダーの香水、シャンプーとトリートメントが完成した。

完成品を受け取って、デレシアはすぐに使った。

香水はすでに試作品でほとんど完成していたので、社交界やお茶会ですでに何回か使っていた。

今まではつけてもすぐに香りが消えてしまう香水が多かったが、アマンダが作った香水は長く香りが続いた。

いろんな令嬢や男性に「良い匂いですね」「どこの香水ですか？」など聞かれたりもした。

デレシアはラベンダーが好きなので、ラベンダーだけを作ってもらったが、あれなら他の匂いの香水を作っても絶対に売れると思っていた。

シャンプーとトリートメントは頼んだ通り、さらに香りを強くしてもらった。

今まで使っていたものと性能は変わらず、ラベンダーの香りがして……バスタイムが素晴らしいものとなった。

（アマンダ様と出会えて本当によかったですわ。最初に会ったときは……少し警戒していましたが）

デレシアは少人数のお茶会を主催することはよくあるが、大きな社交パーティーを主催することは滅多にない。

しかし前回のダンスパーティーを開催した理由は、アマンダと接触するためだった。

正確に言うと、カリスト・ビッセリンクのパートナーに。

カリストは侯爵家の当主で、デレシアの家よりも爵位は低いが、権力としてはほぼ同等である。

彼が経営しているファルロ商会は国一番の商会で、この国で知らぬ者はいないだろう。

貴族だけでなく平民にも向けた商品、魔道具が多く、貴族からも平民からも人気が高い。

そんな商会の会長であるカリストだが、まだ婚約者はいなかった。

だからいろんな令嬢から狙われていたのだが、その中の一人がデレシアでもあった。

積極的に動いていたわけではないが、カリストほどの男性はこの国ではそうそういないので、政略結婚でも恋愛結婚でも、彼と結婚できれば安泰だろうと考えていた。

しかし、そんな彼にパートナーが出来たという噂（うわさ）が広まった。

最初は前にもあったように、カリストが仮のパートナーを連れてきただけだろうと考えていた。

だが目撃した令嬢たちによれば、カリストとそのパートナーはかなり親密な仲に見えたらしい。

デレシアもその女性を確認しなければと思い、ダンスパーティーを主催したのだ。

カリストは案の定、前回連れてきたパートナーを……アマンダを連れてきた。

デレシアは社交パーティーには何回も出ているが、アマンダは一度も見たことがない女性だった。

だが振る舞いは淑女らしく綺麗で、しっかりと学んできた様子がうかがえた。

名前を聞くと、特に有名ではない男爵家の生まれだった。

容姿も整っているが、なぜ大きく秀でている様子がないアマンダが、カリストのパートナーとなりえたのか。

それは、彼女の職業だった。

『錬金術師をしています』

全く予想していなかったが、アマンダは錬金術師だと言った。

しかもダンスパーティー後に調べると、彼女の経歴がいろいろと明らかになった。

元はヌール商会という小さな商会で働いていて、カリストが自ら引き抜きに動いたと。

どんな経緯があったのかわからないけど、それからのアマンダの活躍は凄まじい。

ドライヤーはデレシアもすでに使っていたし、そして保湿オイルもとてもよかった。

(それにラベンダーの香水、シャンプーにトリートメント。おそらく彼女じゃないと作れないほどの性能ですわね)

前に試作品をもらったとき、アマンダに他の錬金術師に見せてもいいかと聞いてから、デレシアのブランドの商品を作っている錬金術師に、これと同じものを作れるかと聞いたことがある。

返事は、ほぼ不可能だということだった。

特にシャンプーとトリートメントは、性能が全く同じなのに香りだけがつくなど、ありえないと言われた。

それをアマンダに問いかけると、

『すみません、性能は全く同じではないです。やはり追加の成分を入れると配合が崩れてしまうので。だから匂いの成分だけじゃなく、さらに髪を艶やかにする成分を入れているので、だいたい同じという感じになっていると思います』

ということであった。

とても簡単に言っていたが、普通の錬金術師ではそこまでの分析、緻密な配合はできないようだ。

（ふふっ……彼女を欲しい、と思うのは仕方ないことですわ）

そして今日、完成品が届いて数日後。

アマンダをまた公爵家に招待していた。

今日はラベンダーの庭園の真ん中あたりに置いているテーブルに二人で座り、ハーブティーを飲みながら話す。

もちろん、ラベンダーのハーブティーだ。

「完成品を受け取りましたが、本当に素晴らしかったですわ」

「ありがとうございます。喜んでいただけて私も嬉しいです」

アマンダは綺麗な笑みを浮かべる。

社交界などでいろんな表情を見てきたデレシアだからわかるが、この笑みは本当に嬉しいと思っている表情だろう。

アマンダと初めて社交界で会って、今ではこうして二人きりでお茶会をしているが、彼女は作った表情と作っていない表情がわかりやすい。

(作った笑みが下手なわけじゃないですが。作られていない笑みが素敵すぎて、その差が大きいだけですわね)

彼女と社交の場ではないところで関わらないと見られない笑みだろう。

「こちら、作っていただいた代金です。お納めくださいませ」

前回、家に上がらせてもらったときと同じように、小切手を渡す。

額は前の時よりも高く書いているが。

その額を確認したアマンダが目を丸くしたので、デレシアはふふっと笑った。

「デ、デレシア様？　前の時よりも額が上がっているようですが……！」

「もちろん、あれは前金。こちらは完成品への代金ですので」

「も、もらいすぎです！　これの半分以下でも多いくらいだと思うんですが……！」

「いえ、適正な料金だと自負しておりますわ。それほどのものを作っていただけたのです」

デレシアのブランド品を作っている錬金術師の腕前は一流。

その一流の錬金術師でさえ、作れないというほどの逸品を作ってくれた。

四人家族の平民が贅沢をしなければ五年ほどは生活できるくらいの額を渡しているが、デレシアはまだ払い足りないくらいだ。

「ぜひ受け取ってくださいませ」

「……わかりました。ありがとうございます」

「ええ。あと、香水の配合なども教えてくださってありがとうございます。すでに特許はアマンダ様が取ったというのに」

「いえ、問題ないです。今後はデレシア様のブランドで出していただけることになりましたし、私も作ったものが商品となるのは嬉しいので」

今回作ったラベンダーの香水だが、それをデレシアのブランドで作って売っていくという契約もした。

ファルロ商会でも作れるようだが、香水などの美容品だったらデレシアのブランドで出したほうが利益が出やすい。

製造などもシャンプーなどよりは簡単だから、アマンダ以外の錬金術師でも作れる。

ラベンダーだけじゃなく、今後はいろんな植物の香りでも香水を出していく予定だ。

「ですが、アマンダ様にあまり利益がない契約ですわよ？　こちらに利益が出ても、ファルロ商会が潤ってアマンダ様の給金が上がるとかでもないですし……」

「いいんです。私は錬金術が好きなだけですので、香水という商品を作れただけで満足です。それに、これからその商品が売れて人々が笑顔になる。それがなによりの喜びなんです」

今のアマンダの笑顔は、誰が見ても心の底からの笑みだとわかる。

社交界を生きてきたデレシアだからこそ、その笑顔が眩しく光って見えた。

「そうですか……やはりアマンダ様と出会えて、私は本当によかったですわ」

「えっ……あ、ありがとうございます」

恥ずかしそうに微笑むのも愛らしくて可愛らしかった。

こんな優秀で素晴らしい人を――手元に置きたいと思うのは仕方ないだろう。

「アマンダ様、あなたは本当に素晴らしい錬金術師ですわ」

「そこまで言っていただけると光栄です」

「ええ、ですから……レンホルム公爵家抱えの錬金術師にならないかしら？」

「えっ……？」

デレシアの言葉に、アマンダは目を丸くした。

そんな表情を見て、デレシアは笑みを浮かべながら話を続ける。

「あなたほどの錬金術師、私は見たことも聞いたこともありませんわ。特別な力があるに違いありません」

「つ、い、いえ、そんな特別な力なんて……」

（ん？　錬金術のことを特別な力と言ったのですが、なぜそんなに狼狽えるんでしょう？　本当に何か特別な力があるのかしら？）

わからないが、今はとにかく彼女のことが欲しい。

「公爵家抱えの錬金術師になっていただければ、ファルロ商会で支払われている給金の三倍を出すことを約束しますわ」

「三倍……!?　えっ、あの、私、すでに結構もらっていると思うのですが……」

「ええ、その三倍ですわ」

すでにファルロ商会の給金事情などはある程度予想がついている。

真面目なカリストが会長をしているからこそ、想像がつきやすい。

レンホルム公爵家ならそのくらいの給金は余裕で出せる。

「もちろん錬金術は好きなだけやっていいですし、材料や道具の支援などは惜しみませんわ。場所もアマンダ様が集中しやすいように一人用の研究室を用意します」

「え、えっと……」

「美容の商品の開発も際限なくできますし、それらも大量生産できます。いかがですか？」

アマンダはずっと戸惑っていたのだが、デレシアが本気で誘っているとわかったのか、一度深呼吸をした。

そしてゆっくりと口を開く。

「……その、お誘いはとても嬉しいです。デレシア様にそこまで評価していただけて、とても光栄です」

「ええ」

「ですが……やはり私はファルロ商会で錬金術をやりたいです」

とても穏やかな笑みでそう言ったアマンダ。

予想していた返事なので、デレシアは特に不快にもならず尋ねる。

「ファルロ商会がお好きなんですの？」

「はい、そうですね。私を拾ってくれたのはカリスト様ですし、まだその恩を全然返せていません。それに上司の方々もいい人で、私が悩んでいるときにいつも助けてくれるんです。そんな恵まれた環境なので……他のところに行きたいとは、思えません」

「そうですか……ふふっ、わかりました。これ以上誘うのは無粋ですもの」

「ありがとうございます。誘っていただけたのは嬉しいですし、今後も美容品などは作っていきたいとは思っています」

「ええ、その返事で十分です。ぜひこれからもお願いしますわ」

そう言って二人は笑い合って、ハーブティーを飲んだ。


数時間後、話が盛り上がってしまって、日が暮れるくらいの時間になってしまった。

「すみません、アマンダ様。長い間お喋りをしてしまったせいで、こんな遅くになってしまって」

「いえ、大丈夫です。こちらこそ長居してすみません」

「こちらが引き留めたんですから。馬車を出すので、それで送らせてくださいませ」

「そんな、大丈夫ですよ」

二人がそんな会話を門の前でしていて、デレシアがそろそろ馬車を用意しようと思ったとき。

一台の馬車がそこを通って、ちょうど目の前に停まった。

「あら、アマンダ様、もうご自分で呼んでいらしたの？」

「えっ、いえ、呼んではないですが……」

二人がそう話していると、馬車の中から一人の男性が出てきた。

「えっ、カリスト様？」

「あら」

まさかカリストの馬車だとは思わず、二人は同じように驚いた。

よく見ると御者席に座っているのは執事のキールだった。

「ごきげんよう、デレシア嬢。今日はうちの従業員の一人がレンホルム公爵家に仕事の話や契約をしに行くと聞いていたので、気になって来てしまいました」

「そうだったのですね。ふふっ、ええ、とても有意義な時間を過ごせてよかったですわ」

「それならよかったです」

「えっと、カリスト様、今日は仕事の話や契約などの話はそんなにしてないですよ？」

「……そうだったのか」

アマンダの言葉に、カリストが知らなかったというようにそう返事をした。

しかしデレシアはカリストの微妙な表情の変化などを見逃さない。

（おそらく仕事の話ではないとわかっていましたわね。それでここに来たということは……単純にアマンダ様をお迎えに？　ふふっ、もしかして……）

デレシアは、カリストがまた適当にパートナーを選んだのだと思っていた。

しかし結構仲が良いという噂があったので調べたときに、アマンダが錬金術師というのを知って、そちらの方に興味が湧いてしまった。

でも今の反応を見ると、カリストは適当にアマンダを選んだわけではなさそうだ。

（アマンダ様はまだカリスト様の気持ちに気づいていないみたいですし……ふふっ、面白いわね）

カリストをそこまで積極的には狙っていたわけではなかったが、もう彼と結婚することはないということが今の一瞬でわかった。

そしてアマンダも、もうレンホルム公爵家に来ることはないだろう。

（それなら少し、意地悪でも言おうかしら？）

そう思って、デレシアは喋りだす。

「ええ、そうですね。仕事や契約の話はしていませんが……私がアマンダ様を気に入ってしまい、ぜひ公爵家抱えの錬金術師にならないか、とお声がけしてしまいました」

「なっ……」

デレシアの言葉に、カリストが思わず声を上げるほどに動揺した。

まさかそんな話をしているなんて思わなかったのだろう。

「待遇は今勤めているところよりも必ず良くするとお声がけしました。残念ながら……今回はフラれてしまったようですが」

アマンダが少し迷った、というような言い回しをする。

嘘は言っていない、今回もこれからもフラれ続けるだろうとは思うが、今回フラれたのは真実なのだから。

「……デレシア嬢。うちの商会の人間を勝手に引き抜こうとしないでいただきたい」

カリストから少し冷たい声でそう言われた。

今まで社交界では優しく話してくれていたが、感情がこもっているような感じはしなかった。

だが今の言葉には、カリストの感情が思いっきり入っていたようだ。

「ふふっ、それは申し訳ありませんわ。しかし、ファルロ商会もヌール商会からアマンダ様を引き抜いたようなので、それにならっただけですが」

「っ……」

どこでそれを……と言いたげな顔をするカリスト。

しかしすぐにその表情を隠すのはさすがであった。

カリストはデレシアが本気でアマンダについて調べて、引き抜こうとしていたということを理解しただろう。

「あ、あの……」

カリストとデレシアが軽く言葉でやり合っている中、アマンダは少し気まずそうにしていた。

「あら、もうこんな時間ですわ。アマンダ様、ぜひまたお茶会をしましょう」

「あっ、はい。ぜひよろしくお願いします」

「カリスト様、彼女を送ってくださいませ」

「……ああ、もちろんだ」

カリストが苦い顔をしながらアマンダの手を引いて、馬車の中へと消えていった。

そして馬車が動きだし、デレシアは馬車が見えなくなるまでその場にいた。

(ふふっ、カリスト様が想像以上の反応をしていました。あれは確実に、アマンダ様に執着していますわね。それも一従業員としてではなく、女性として)

もともとアマンダに絡んだ目的は、カリストにとってアマンダはどんな立ち位置にいるのか、ということを調べるためだった。

それがアマンダが優秀な錬金術師だったため、目的がずれてしまった。

だが今、最初の目的を果たせた。

(カリスト様と婚約したいとは思っていましたが……これは身を引いたほうがいいですわね。政略結婚と恋愛結婚だったら、後者のほうがしたいと思っている方は多いですし)

デレシアももちろん恋愛結婚をしたいが、好きになれるような男性と出会うこともない。

さらに政略結婚をして権力を上げたいと考えるような地位でもない。

だから今まで会ってきた男性の中で、一番好きになれそうな男性……好きになれなくても、尊敬できる男性と結婚したかったのだが。

(まあ、カリスト様を探っていたら、とても優秀な錬金術師と知り合えて、お友達になれた。それで満足しましょう)

そう思いながら、デレシアは手首につけた香水の匂いを嗅いで、笑みを浮かべた。


一方、カリストとアマンダが乗った馬車の中では……まだ沈黙が続いていた。

アマンダはなんだか気まずくて喋れず、カリストも考え事をしていた。

(彼女は本当にレンホルム公爵家のもとに……いや、デレシア嬢は断られたと言っていた。だから今は問題ないだろうが、これからどうなるかはわからない)

カリストとアマンダの出会いは偶然で、アマンダの実力を見抜いて引き抜いたのはカリストだ。

しかしアマンダはその才能を開花させ、彼女しか作れない商品を生み出し続けている。

デレシアに送ったシャンプーとトリートメントもそうだ。

緻密な魔力操作が必要な錬金術でしか作れず、開発部の部長のオスカルですら五回に一回しか成功しないような商品。

それをアマンダは簡単に作れるのだ。

(俺はアマンダに……この国一番の錬金術師に、十分な報酬を与えているか？)

開発部の副部長のアマンダ、その地位としては適正以上の給金を与えている。

しかしそのままの給金などでは、デレシアに簡単に抜かれてしまう。

「……アマンダ」

「は、はい！」

いきなり話しかけられてビクッとしたアマンダだが、カリストは話を続ける。

「デレシア嬢にはどんな条件で引き抜く、と言われたんだ？」

「えっと、公爵家抱えの錬金術師にならないか、と。それに……給金が今の三倍で、研究部屋を用意して、錬金術をするための道具や材料などの支援は惜しまない、と」

「なるほど……デレシア嬢らしい提案だな」

デレシアはそこまで、アマンダを評価していたようだ。

だがその評価は正しい。

デレシアは知らないが、アマンダはさらに精霊の加護を受けている。

そのお陰で無限の魔力を生み出せる。

このことを知ったらデレシアだけじゃなく、国が彼女を囲おうとするだろう。

(アマンダの価値は私やデレシア嬢が思う以上に、凄まじいものだろうな)

だからこそ、アマンダを逃したくない。

アマンダの錬金術師としての価値もそうだが、カリストはただアマンダのことが——。

「カリスト様？　どうかしましたか？」

「っ……いや、少し考え事をな」

長いこと黙ってしまっていたようで、アマンダが心配そうに見つめていた。

カリストは大丈夫だというように少し笑みを作る。

「アマンダを引き抜かれないためには、どうすればいいかと思って」

「あ、あの、私は最初から全く行くつもりはなかったですからね」

「そうなのか？」

「はい、もちろんです。私が給金などに惹かれるわけじゃないって、カリスト様ならわかりますよね？」

「ふっ、そうだな。アマンダなら、錬金術が思う存分にできる環境がいいと言うだろう」

なにせ、ヌール商会の劣悪な環境ですら「一人で錬金術ができるので悪くありません、ただ決まったものしか作れないというのがつまらないだけで」と言っていたくらいだ。

「デレシア様が私のために一人用の大きな研究室を作ると言ってくださいましたが、私はファルロ商会でオスカルさんやニルスさん、いろんな方と相談して研究できる今こそが、錬金術が一番楽しくできる環境だと思っています」

「そうか……」

「はい、私一人では限界があるということを学びましたので」

「ああ、そうだな。俺も自分一人じゃ商会をここまで大きくはできなかったし、貴族の仕事なんかキールに頼りっぱなしだ」

「ふふっ、そうですね。あまりキールさんに迷惑をかけすぎちゃダメですよ」

「ふっ、善処しよう」

さっきまでアマンダがどこかへ行ってしまうかもしれないと不安に思っていたが、とりあえず今のところは行くことはないとわかって安心した。

ただ……アマンダがファルロ商会に残る理由に、自分のことが入っていないと思い、少し残念な気持ちもあった。

(いつか……俺の口から言いたいな。アマンダを引き留める、本当の理由を)

カリストは静かにふっと笑った。

そうこうしていると、アマンダの家に着いた。

馬車を降りて、アマンダが楽しそうに話す。

「カリスト様、今日は夕食を一緒に食べますか？　今日はいいお肉があります」

「ああ、ぜひ食べたいな」

「わかりました。キールさんもいかがですか？」

「ではお言葉に甘えて」

「ふふっ、久しぶりに三人で食べますね」

「ええ、最近は主人に仕事を押しつけられてばかりで疲れていましたから、私もご一緒できて嬉しいです。それに今後は善処すると言ってくださいましたし」

「おい、御者席で会話を聞いていたのか」

そんな会話をしながらアマンダの家に入り、三人は食事を共にした。

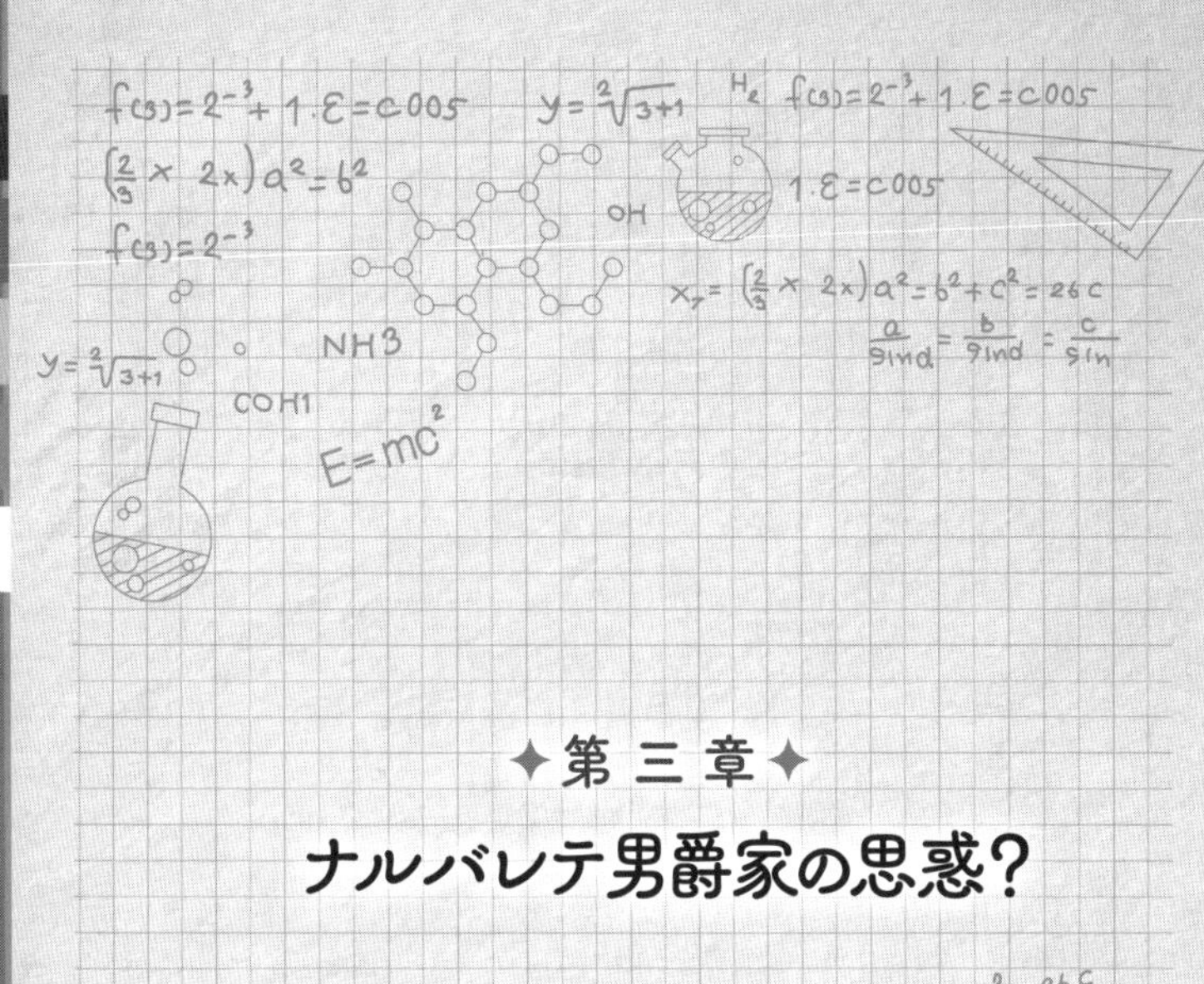

✦第 三 章✦

ナルバレテ男爵家の思惑？

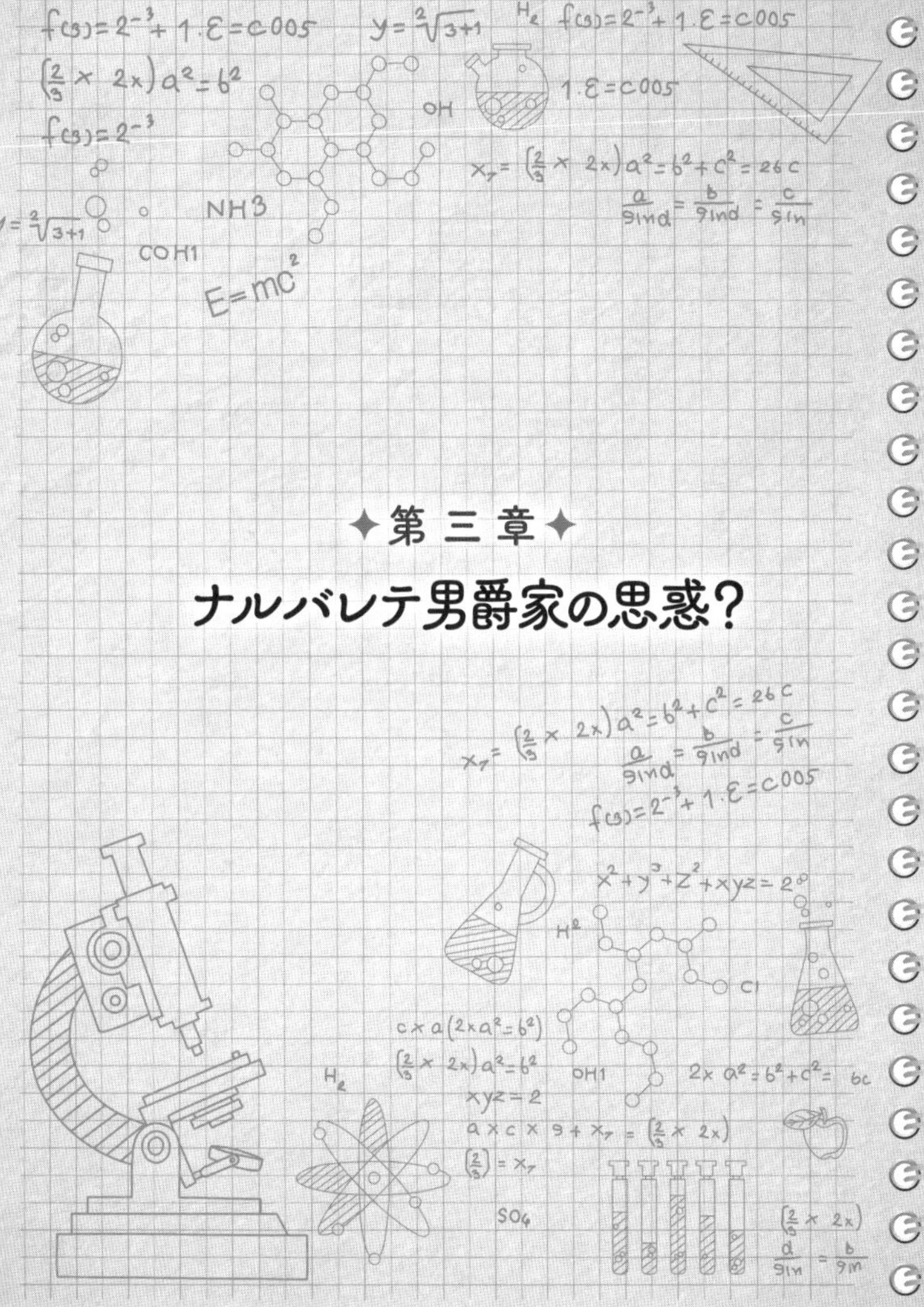

「ふぅ、よし。これでマッサージ器はだいたい完成ね」

私は家の地下室で一人、研究を続けていた。

今日はマッサージ器を完成させたから、カリスト様に完成品を渡そうと思う。

これは魔石とかを結構使ったから、商品化できたとしても貴族向けかしら？

貴族でも書類仕事をしている人は多いので、意外と需要があるかもしれない。

「あっ、もうこんな時間なのね」

夕食を食べ終わってから、地下室に籠って マッサージ器を作っていたが、もうすぐ完成しそうだったから集中してやってしまったのだ。

いつもならもうお風呂にも入って眠っている時間だ。

これをカリスト様に言ったら「無茶しすぎだ」と怒られそうね。

だけど早く作りたかったし、仕方ない。

そう思いながら地下室の灯りを消して、リビングに上がろうとしたとき——。

リビングで、物音がしたのが聞こえた。

えっ、誰かいる？

もしかしてカリスト様？

いや、だけどもう夜も遅いし、さすがにこんな時間に来ることはないだろう。

勝手に入ってくることも絶対にない。

それに、意識を集中して物音や足音などを聞いてみると……複数人いる。

泥棒？　私の家に？

でも何かを漁(あさ)っているような音もしないし、ただ静かにリビングや他の部屋を見て回っているみたいだ。

どんな目的で私の家に入り込んだの？

なんとか会話を聞きたいわね。

私は静かに移動して、リビングまで伸びている金属製の伝声管のところに耳を当てる。

リビングで小さな声で話している男性の声が複数聞こえてくる。

『おい、女がどこにもいねえじゃねえか。どこにいやがるんだ』

『情報ではこの時間では眠りについているって話だろ？』

『あの女が家に帰ってから一度も家を出ていないはずなのに、なぜだ？』

「っ……」

会話の内容を聞いて、私は背筋が凍った。

この人たち、泥棒なんかじゃない。

私を狙って、この家に入ってきたんだわ。

しかも私が家に入るところも見張っていたみたいだ。

なぜそのようなことを？

『依頼主の男爵家の情報が間違っていたのか？　チッ、誘拐に成功したら、報酬を上乗せさせてやるぞ』

『情報にない裏に繋がるような出口があるのかもしれんな』

男爵家……私を誘拐したいと思っている男爵家なんて、一つしかない。

私の実家、ナルバレテ男爵家。

前の社交パーティーでもお父様とパメラ夫人が私に鋭い視線を向けていた。

何かあるかもしれないと思っていたけど、まさか誘拐なんていう強硬手段に出るなんて。

リビングにいるのは複数人。声からして三人ね。

地下室の入り口はとてもわかりにくい。魔力が見える人でも注意深く見ないとわからないだろう。

だけどこのままここにいても、見つかる可能性がある。

それなら、こちらから奇襲を仕掛けたほうがいいだろう。

幸いにも、ここは私の錬金術の研究室。

奇襲にはピッタリの魔道具がいくらでもある。

まずは……これね。

私は小さな球を手に取った。

地下室とリビングを繋ぐ床の下に行って、その床を少しだけ開けるように魔力を込める。

本当に少しだけ開ければ小さな球は通るから、気づかれる可能性は低い。

そして小さな球をリビング内に入れてからすぐに閉じる。

あれは魔力を込めてから十秒ほど経ってから破裂するように出来ている。

『あ？　なんだ、これ』

あら、一人が球に気づいたみたいね。

だけどもう手遅れだ。

パンッ！　という球が破裂する音がして、男たちの悲鳴が聞こえてくる。

『なんだ、この煙は!?　ぬっ、ぐあぁ!?』

『め、目が、目が痛ぇ……！』

『さ、催涙ガスか!?　くぅ……！』

そう、あの球は破裂して催涙ガスを一瞬にして充満させる、催涙ガス球だ。

これで男たちの視界を奪った。

次は行動不能にしないといけない。

男たちは三人。次は銃を手にして腰に携える。

すぐさま地下室の入り口、リビングの床に魔力をかけて開ける。

すぐに梯子を上ってリビングに立つ。

リビングにはまだ催涙ガスが充満しているが、私はガスマスクをしているから問題ない。

男たちが三人固まって、互いに背を預けながら立っているのが見える。

「くっ、てめえら、油断するなよ！」

「目が、まだ開かねえ……！」

「くそが……！」

目が見えないままのようだけど、背を預け合って全方位から何かあっても対処できるようにしているようだ。

意外と連携が取れているわね。

だけど私は近づかずにこの人たちを無力化する。

銃口を男たちに向けて、魔力を込める。

「『解放、捕捉、照準、固定——錬成、照射』」

小さな声でそう唱えて、男たちに向けて銃弾を放った。

もちろん普通の銃弾ではないし、魔物に放つような威力があるものでもない。

ただ同じような光の球が出て、男たちの魔力に反応して追尾し当たって——。

「ぐあぁぁぁ!?」

「がっ!?」

「ぐっ……!?」

当たった瞬間に電撃が放たれるようになっている。

人が死ぬほどの電撃ではないが、気絶は必至。

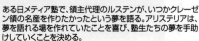

オトナのエンターテインメントノベル

最強を目指すモブ転生者は、聖剣&精霊魔法でさらなる高みを目指す!

モブだけど最強を目指します!
~ゲーム世界に転生した俺は自由に強さを追い求める~2

著者●反面教師　イラスト●大熊猫介

B6・ソフトカバー

前世でこよなく愛したゲーム世界のモブキャラ・ヘルメスに転生したサラリーマンは、魔族との戦いの最中に入手した聖剣と、新たなる力【精霊魔法】を駆使して、さらなる高みを目指す!

ルートルフ、ついに正体がバレる!?

赤ん坊の異世界ハイハイ奮闘録 3

著者●そえだ信　イラスト●フェルネモ

B6・ソフトカバー

父からの手紙を受け取り初めて王都へ行くことになったルートルフ。しかし、王都への道中でルートルフは謎の男たちに攫われてしまう。護衛の助けが間に合わない絶対絶命の状況に、ルートルフは勇気を振り絞り……!?

隠れ転生勇者、王宮内でも大活躍♪ 過去と決着も!?

隠れ転生勇者
~チートスキルと勇者ジョブを隠して第二の人生を楽しんでやる!~ 3

MFブックス 7/25 発売!!

著者●なんじゃもんじゃ　イラスト●ゆーにっと

B6・ソフトカバー

最強のジョブ「転生勇者」とチートスキルを授かったトーイは、正式に貴族となり王都へ赴く。王都で彼は一緒に召喚されたクラスメイトたちと再会し、王都の黒幕にまで出会ってしまい!? 楽しい異世界ライフ第三弾!

株式会社KADOKAWA 編集:MFブックス編集部 MFブックス情報
No.133 2024年7月31日発行 〒102-8177 東京都千代田区富士見2-13-3
TEL.0570-002-301(ナビダイヤル)

発行:株式会社KADOKAWA
KADOKAWA

全員が悲鳴を上げた後、その場に倒れ込んだ。

最後まで油断しないように、地下室から縄を持ってくる。

この縄も魔道具だ。魔力を込めて倒れている一人のところに投げる。

すると勝手に動きだして、手足を捕縛してくれる。

これを三本用意して、三人を拘束して……よし、終わった。

少し怖かったけど、無事に倒せてよかったわ。

催涙ガスが充満していて、窓を開けるわけにもいかないので、空気清浄をしてくれる魔道具も出して稼働させておく。

さて、この人たちは……まあ普通に衛兵を呼んで、引き渡そうかしら。

この時間に衛兵に来てもらうのは申し訳ないし、私も明日の仕事があるから疲れるけど、呼ぶしかないわね。


そして、翌日。

昨夜は男たちを衛兵に引き渡して、夜遅くだったから私の事情聴取は短く済まされた。

だけど仕事が終わったら衛兵所に行って昨日の事情聴取の続きをする予定だ。

昨夜、衛兵の方に男たちを倒したときの方法を聞かれて、いろいろと困惑させてしまったから。

『えっと、あなたは彼らが来たときは地下室にいた。そこまではいい?』

『はい』

『そこから……地下室の入り口をこっそりと開けて、破裂して催涙ガスが出る魔道具を入れ込んで視界を奪ったと？』

『はい』

『うん……それで魔武器の銃で電撃を放って気絶させたと？』

『はい』

『うん……で、油断せずに縄の魔道具を遠くから投げて、自動で捕縛したと』

『はい』

『なんか用意周到すぎない？　襲われたのは本当に初めて？』

『家では初めてです』

『家ではってのが気になるけど……それになんでこんなに魔道具とか魔武器が揃っているの？』

『錬金術師なので』

『そっか……錬金術師ってすごいなぁ』

という会話をした。

夜遅くだったからか、衛兵の方も最後はボーッとしていたわね。

夜遅くに働かせて申し訳なかったわ。

だけど私も事情聴取などは短く済んだとはいえ、結構夜遅くに眠ったので寝不足だ。

出勤して今は昼食の時間、食堂でご飯を頼んで食べていた。

「あれ、今日はお弁当じゃないんだね、アマンダちゃん」

食堂のご飯を頼むのは久しぶりなので、一緒に会議をしていたオスカルさんにそう言われた。

「はい、昨日は夜遅くまで起きてしまっていて……朝もギリギリに起きたので、お弁当を作る時間がなかったんです」

「へー、珍しいね。アマンダちゃんは早寝早起きをしていると思ってたけど」

「いつもはそうなんですが……昨日は少し大変なことがあって」

「大変なこと？」

「はい、夜遅くに家に男性が三人入ってきて、それに対処していたんです」

「男性が三人？　なんで？」

「どうやら私を誘拐しようとしたらしく」

「えっ、アマンダちゃん、誘拐されたの!?」

オスカルさんは思わずといったように大きな声を上げた。

物騒な言葉だったので、食堂にいる人たちが一斉にこっちに注目したのがわかった。

「ゆ、誘拐はされていませんよ。ほら、ここにいますから」

「あ、そうだね。ビックリしたー。じゃあ撃退したの？」

「はい、そうです。それで夜中に衛兵を呼んで引き渡したりとかがあって、寝不足になっちゃったんです」

「そうだったんだねー」

オスカルさんとはそこで昨日の事件の会話は終わったんだけど……。

さっきのオスカルさんの言葉が広まってしまったようで、その後にいろんな人から心配の声をかけられた。

製造部の方に向かうと、ニルスさんにも。

「アマンダ、大丈夫なのか？」

「はい？」

「昨日、誘拐されたと聞いたが」

「いや、誘拐されてないです」

「そうか、やはりデマだったか」

「はい。誘拐犯が家に来て、返り討ちにしただけです」

「そうか……いやいや待て、それでも大事件じゃないか」

という会話をした。

ニルスさんも意外と驚いていたわね。

他の人にも「誘拐されたの？」とか「誘拐犯をぶっ飛ばしたの？」とかいろいろ聞かれて大変だった。

就業時間が終わって帰るときに、私が建物を出たタイミングで馬車が目の前に停まった。

そこからカリスト様が慌てたような顔で降りてきて。

「アマンダ、誘拐されたというのは本当なのか⁉」

……カリスト様、あなたもですか。

御者席に座っていたキールさんも寄ってくるが、主人であるカリスト様に冷たい視線を送っている。

「カリスト様、誘拐されたのならここにいないと思いますが」

「あ、そうか……いやだがアマンダなら誘拐されても一人で脱出するかもしれないだろ」

「それはそれで無事だからいいのでは？」

「あの、誘拐されていませんから」

なんだか二人で盛り上がりそうだったから、先に止めさせてもらった。

「昨日の夜に誘拐犯が来たのは本当ですが、返り討ちにしたので」

「なっ、誘拐犯が来たのは本当なのか？」

「そうだったんですか……大丈夫でしたか？」

「はい、無傷で制圧できましたので。衛兵に引き渡したりで時間がかかって、寝不足になってしまっただけです」

これを今日、何度説明したのか……もう疲れてきたわね。

「しかし、誰がどういう目的でアマンダを誘拐しようとしたんだ？」

「あっ、それは——」

「お話し中、失礼しますわ」

私が答えようとしたとき、後ろから綺麗な声が聞こえてきた。

振り返るとそこにはデレシア様が立っていた。

「えっ、デレシア様？」

「ごきげんよう、アマンダ様、カリスト様」

「ごきげんよう。しかし、なぜデレシア嬢がこちらに？」

「いえ、私の友人であるアマンダ様が誘拐されたという噂を聞いたので」

ああ、デレシア様にもそんな噂が届くなんて。

それでデレシア様も聞きに来たのかしら？

「デレシア嬢、それは嘘の噂で……」

「もちろん調べていますのでわかっていますわ。どう見ても無事でここにいるアマンダ様を見てから、誘拐されたかどうかを聞く愚行をするほど、私は冷静さを欠いておりませんので」

「……そうか」

カリスト様は噂を否定しようとしたのだが、デレシア様が笑みを浮かべながら言った言葉に少し落ち込んだようだ。

カリスト様がやったことをそのまま否定したわね、デレシア様は。

さっきまでの光景を見ていたのかしら？

「私はもう一歩先、衛兵所に行ってその誘拐犯の目的や依頼人を聞くために拷も……いえ、尋問をしてきました」

「えっ、今、拷問って……」

「いえ、言っておりませんわ」

「そ、そうですか」

ニコッと笑ったデレシア様、これ以上聞くのは怖いわね……。

だけど衛兵所で犯人に直接聞いてきたというのは助かる。

「ここでは少し目立つので、馬車で移動しましょう。公爵家の屋敷までご案内しますわ」

「ありがとうございます」

「ええ……あっ、カリスト様もいらっしゃいます？」

「……ああ、よろしく頼む」

「かしこまりましたわ」

なんだかカリスト様とデレシア様が仲が良いのか悪いのかわからない雰囲気だ。

デレシア様、なんだかカリスト様に対して棘があるけど……彼女はカリスト様を狙っていたんじゃなかった？

もう諦めたのかしら？　よくわからないけど。

とりあえずファルロ商会の職場から移動して、レンホルム公爵家の屋敷へ。

私は仕事終わりに衛兵所に行かないといけなかったはずが、デレシア様が衛兵所の偉い人と話を済ませたようで、行かなくて済んだ。

レンホルム公爵家、さすがの権力ね……。

応接室に通されて、私とカリスト様は並んで座り、キールさんはその後ろに立っている。

目の前に座っているデレシア様が、尋問して聞いたことを話してくれる。

「昨日の夜にアマンダ様の家に誘拐しに行った三人組は傭兵のようです。金さえもらえば何でもやるようで、結構有名な手練れの三人組でした」

「なるほど……それを無傷で制圧したのか、アマンダは」

「さすがですね、アマンダ様」

「いえ、運が良かっただけです。私が研究に夢中で地下室にいたので、不意打ちができました」

本当に、運が良かった。

もし私がいつも通りの時間に眠っていたら……寝室に仕込んでいる、侵入者を知らせる警報などで気づいたかもしれないけど、寝室では魔道具や魔武器が限られていた。

殺すことを覚悟で、対魔物用の魔武器を使えば問題ないだろうが、さすがに私も人を殺すことには抵抗がある。

最悪、無抵抗のまま連れていかれていたかもしれない。

「なるほど、寝ていたらどうなっていたかはわからないな……」

「カリスト様、落ち着いてくださいね」

「ああ、わかっている」

後ろからキールさんがカリスト様に落ち着くように声をかけていた。

カリスト様は拳を強く握っているようで、怒りをあらわにしている。

「話を続けますわ。その傭兵たちはある男爵家に依頼されて、アマンダ様の誘拐を企(たくら)んだという話でした」

「ある男爵家……なるほど、ナルバレテ男爵家だな」

「はい、おそらく」

「おそらく？　デレシア嬢は尋問してきたのでは？」

「傭兵三人には魔術がかかっており、依頼主の名前が言えないようになっておりました。どれだけ痛めつけて……どれだけお願いして聞いても、男爵家としか言えませんでした」

「……なるほど」

今、痛めつけてって言ったわよね？

カリスト様も聞き流しているようだし、私もそこは突っ込まないけど。

「だが普通に考えて、アマンダを誘拐しようとする男爵家なんてナルバレテ男爵家くらいしかないだろう」

「ええ、私もそう思いますわ。だけど証拠はなく、証言も不十分なので……訴えるのはまだ難しいかと」

「くっ、無駄に悪知恵を働かせやがって……！」

カリスト様が苛立ったようにそう言った。

お二人にそこまで迷惑をかけているのが申し訳ないわ。

「すみません、デレシア様、カリスト様。私の家のせいでご迷惑をおかけしてしまって」

「アマンダのせいじゃない。あの男爵家がクズなだけだ」

「そうですわ、アマンダ様。私もこんな陰気臭いことをする方々は嫌いですし、友達のアマンダ様を助けたいだけです」

「っ、私が友達、ですか……？」

デレシア様と私が、友達？

まさかデレシア様からそう言われるとは、夢にも思わなかった。

彼女は公爵家令嬢で、私は訳ありの男爵家令嬢でただの錬金術師だ。

だから仕事上の関係だと思っていたけど……。

「あら、私は友達だと思っていましたが、違いました？　まだそこまで仲を深められていないってことですわね、残念ですわ」

「い、いえ！　私なんかがデレシア様の友達になっていいのかと思っただけで……私も、デレシア様と友達になりたいです」

「ふふっ、お互いに友達だと思えば、身分なんか関係ないんですわ。これからも友達として、よろしくお願いしますね」

「は、はい！　よろしくお願いします！」

デレシア様がにこりと笑うので、私も意識せずに笑みを浮かべてしまう。

デレシア様のような素敵な女性と友達になれて、本当に嬉しい。

「……」

「あら、カリスト様、どうしました？　何か言いたげな顔をしていましたが」

「つ、いや、なんでもないですよ、デレシア嬢」

「ふふっ、そうですか？　アマンダ様の方を見て、寂しげな表情をしていたと思ったのですが」

「えっ？」

その言葉に思わずカリスト様の顔を見ると、彼は少し恥ずかしそうに顔を逸らしていた。

「いや、そんなことは……」

あっ、もしかしてカリスト様は……。

「カリスト様も、デレシア様と友達になりたかったんですか？」

「……えっ？」

「私だけがデレシア様と友達になって、確かにズルいと感じても仕方ないと思います」

「……」

あ、あれ？　なんかよくわからない空気になってしまった。

デレシア様もポカーンとしているけど、突然、身体を震わせて笑いだした。

「ふ、ふふふ……そ、そうなんですか？　カリスト様。私と友達に、なりたかったんですか？」

「……いや、デレシア嬢に失礼かもしれないが、そういうわけじゃないですね」

「あっ、ち、違いましたか、失礼しました」

間違えてしまったようだ……恥ずかしい。

それならなんで私の方を見ていたのだろう？

「やはりアマンダ様は面白いですわね。友達になれてよかったですわ」

「ほ、褒めてますか？」

「ええ、褒めていますわ。とても可愛らしいですしね」

「あ、ありがとうございます」

なんだか褒められている気はしないけど。

そう思っていると、カリスト様が咳払いをしてから「話を戻しましょう」と言った。

「ナルバレテ男爵家がアマンダを狙っているが、その証拠をまだ掴めていない、ということですね」

「はい、そうですわね。決定的な証拠を掴めば、今すぐにでも男爵家を潰して差し上げるのですが」

「ええ、そうですね」

ふ、二人ともナルバレテ男爵家を潰す気満々だわ。

私のために怒ってくれているのは嬉しいけど。

「あの、一つ提案をいいですか？」

「なんだ、アマンダ」

「証拠がないなら、相手に証拠を作らせればいいと思うんです」

「そうかもしれないな。だがどうやって？」

「私が囮になって、わざと誘拐されます」

「っ!?」

私の言葉に、カリスト様が目を見開いた。

驚かせるようなことを言ったと思うけど、そのまま続ける。

「あちらはなぜか私を誘拐したいようなので、誘拐された現場を押さえれば確実な証拠になります」

「それではアマンダ様が危険な目に遭ってしまいますわ」

「承知の上です。だけど誘拐したいということは私に何か用があるということなので、そんなに危険ではないと思います」

私を殺したいのであれば、誘拐を依頼するのではなく、暗殺を依頼すればいいはず。

だから殺されるようなことはないだろう。

まあ前に見たお父様やパメラ夫人の雰囲気だと、軽く暴力は振るわれそうだけど。

それすら証拠になるのなら構わない――。

「ダメに決まっているだろ」

私の隣でカリスト様が、怒気を抑えたような声でそう言った。

「カ、カリスト様……？」

「アマンダ、自分を犠牲にして解決しようとするのは愚策だ。俺は絶対に認めない」

「で、ですが……」

「それに誘拐されても危ない目に遭わないというわけじゃないだろう。例えば自分たちの手で殺したいから、誘拐を頼んでいるとかな」

「あっ……」

確かにその可能性も否定できない。

そうだとしたら誘拐された後、男爵家の屋敷で……そう考えると肝が冷えた。

「そこまで頭が回っていませんでした……すみません」

私は少し落ち込みながら謝ると、カリスト様がふぅとため息をつく。

「まあ、俺も少し言い方がきつかったな、すまない」

「いえ、カリスト様の言う通りでした」

「……一番は、アマンダを危ない目に遭わせたくはないんだ」

カリスト様は真っ直ぐに私の目を見つめてそう言ってくれた。

「囮という方法が効率的であることはわかるが、アマンダが大事だから……絶対にそんなことは許可できない。そこをわかってくれ」

「はい……」

カリスト様がそう言って慰めてくれた。

「アマンダが大事」という言葉に、少しドキッとしてしまったけど……。

これはファルロ商会の一従業員として大事、というだけよね？

あまり意識しないようにしないと……！

「お二人、話の続きをしてもいいですか？」

デレシア様が変わらない笑みを浮かべながらそう言うので、私もハッとして意識を切り替える。

「はい、大丈夫です」

「いえ、アマンダ様はいろいろあってお疲れですわよね。夜遅くまで事情聴取もされていたようなので、寝不足でしょうし。今日は休んで、明日に対策を練りましょうか」

「……ありがとうございます、デレシア様」

確かに少し眠い……というかだいぶ眠いわ。

錬金術をしているときは楽しいから眠気なんて忘れられるけど、こうしていると眠気に襲われてしまう。

「客室を用意しますので、今日はこちらでお休みになってくださいませ」

「えっ、そんな、悪いですよ！」

「アマンダ様を一人、襲撃があった家に帰らせるわけにはいきませんわ」

「それでもご迷惑じゃ……」

「あら、うちには客室がいくつあると思っていますの？　一つや二つ貸すくらい、全く問題ありませんわ」

デレシア様が誇るような笑みを浮かべながらそう言った。

あまりご自身の家の自慢みたいなことを言わない方なので、冗談っぽく言って私に気を遣わせないようにしてくれているのだろう。

本当に優しい女性だ。

「じゃあ、お言葉に甘えさせていただきます」

「ええ、ぜひ」

「……」

「カリスト様はもちろん、お帰りくださいね。あなたがレンホルム公爵家の家に泊まったという噂が広まってもいいというなら、構いませんが」

「いや、さすがにそれはな……俺は帰らせてもらおう。アマンダをよろしく頼む」

「ええ、言われずとも」

そう言ってカリスト様は立ち上がる。

私もカリスト様と一緒に立ち上がるが……寝不足もあって少しふらついてしまった。

「おっと……アマンダ、大丈夫か？」

身体がカリスト様の方に傾いてしまい、胸元に倒れ込むような形になった。

見上げるとすぐ近くにカリスト様の顔があって……恥ずかしくなって、すぐに離れた。

「す、すみません、カリスト様……っ！」

「いや、大丈夫だが……アマンダ、顔が赤いが、風邪でも引いたか？」

「い、いえ、それは大丈夫です」

「だが熱がありそうだが……」

いや確かに今は熱があると思うけど、それは違う理由で……！

そう思っていると、カリスト様が私の額に手を当てて熱を確かめてくる。

「うーん、顔が赤いわりには、熱はなさそうだが……」

「だ、大丈夫ですから！　私は病気にならないですし、毒も効きませんから！」

「つ、アマンダ、それは……」

あっ……思わず出てしまった言葉に、私はハッとする。

カリスト様もマズい、というような顔をしているが……もう遅い。

「病気にならない、毒も効かない？　どういうことですの？」

デレシア様にすでに聞かれてしまっている。

私が精霊の加護を持っていることは、カリスト様とキールさんしか知らない。

無限の魔力、それに病気にもならず毒も効かないという破格の能力。

それを国に知られたら……今の生活が送れなくなることは確かだ。

「い、いや、その……」

「えっと……」

「そ、そうでした、カリスト様！　私、カリスト様のためにマッサージができる魔道具を作ったんですよ！」

「そ、そうなのか？」

「はい、これです！」

「おお、これか！」

思いっきり話を逸らすことになってしまった。

だけどカリスト様のために作ったのは本当だし、マッサージ器を持っていたのも本当だ。

持っていた鞄（かばん）からマッサージ器を取り出す。

銃のような形をしていて、銃口に当たる部分に丸く柔らかいものが付いている。

「引き金を引けば、丸い部分が振動を始めます。そこを身体の肩や腰、凝っている部分に当てて振動させていく形です」

「なるほどな」

「振動の強弱は四段階となっていますので、ぜひ試してお好みの強さを選んでください」

「では早速……おお、これはなかなか……！」

カリスト様は自身の肩にマッサージ器を当て始める。

これは直接筋肉をほぐすので、疲れを癒すポーションよりも効果が期待できる。

もちろん時間はかかってしまうが……それ以上に、単純に振動が心地よくて気持ちいい。

「とてもいいな、これは……マッサージは今まであまりしてもらうことがなかったが、素晴らしいな」

カリスト様の声が少し震えている、マッサージ器で振動しているからだろう。

それが少し面白いわね。

「ふふっ、それならよかったです」

「アマンダ様？　さっきの質問ですが……」

「あ、えっと……デレシア様もどうですか？」

また話を逸らすために、もう一個あるのでデレシア様に押しつけるように渡す。

デレシア様は受け取って、仕方なくというように引き金を引いて肩などに当ててくれる。

「……これは確かに気持ちいいですわね」

「女性なら足などにも当てて、むくみを取ることもできますよ」

「それはいいですわね。社交パーティーの前などにやりたいですわ」

これは働いていて肩が凝っている男性だけじゃなく、令嬢にもお勧めできる商品だ。

コストが少しかかるから貴族向けになったけど、男性や女性の方でも使える商品になったようでよかった。

「ありがとう、アマンダ。これで今後の仕事も頑張れそうだ」

「それならよかったです！　ほぼ完成品ですので、それはお渡ししますね。デレシア様もそちらはお渡しします」

「いいのですか？　ありがとうございます、アマンダ様」

「はい！」

「それはそれとして、あとで病気にならず毒が効かない理由も聞きますわね」

「……は、はい」

やはり話は逸らせられなかったようだ……。

ニッコリと笑うデレシア様に、私は苦笑いを返すしかなかった。

その後、カリスト様はお帰りになって、私はデレシア様の屋敷に泊まることになった。

今は夕食をいただいているんだけど……とても豪華で美味しいものばかりで、本当にすごい。

テーブルマナー、大丈夫かしら？　学院で学んでいるから問題ないと思うんだけど、公爵家での食事だから少し不安になる。

目の前に座るデレシア様が何も言わないから、大丈夫だとは思うけど。

「まさかアマンダ様が、精霊の加護を受けていたとは思いませんでしたわ」

食事をしながら話していたのは、私の先ほどの発言についてだった。

さすがにもう誤魔化すのは無理だった。

「はい……その、これは内密にお願いします」

「もちろんわかっていますわ。だから使用人は下げたので」

広い食堂の中、私とデレシア様しかいない。

さっきまでは壁際に使用人が何人も立っていたが、下がってもらっていた。

「なるほど、確かにこれは重大な秘密ですね」

「はい、さっきは誤魔化そうとしてすみません」

「いえ、仕方ないことだと思います。私は誰にも言わないので安心してくださいませ」

デレシア様がそう言ってくれて安心した。

約束を破るような人ではないので、問題なさそうだ。

「では私からもう一つ質問があるのですが、よろしいですか？　この質問もあまり人がいるところではできませんでしたので」

食後の紅茶を飲んでいると、デレシア様から質問があるらしい。

「はい、なんでしょう？」

「先日、アマンダ様の家に行ったときに隠れていたのはカリスト様ですか？」

「えっ……！」

「ふふっ、やはりそうなのですね」

私は思いっきり反応してしまったので、確信させてしまったようだ。

しまった、デレシア様も半信半疑で質問をしていたみたいなのに。

「ど、どうしてわかったんですか？」

「まず、お二人の距離感ですわね。特に先ほどお二人が並んで座ったとき、いつも座り慣れているような距離感でしたのでピンときましたわ」

「うっ……」

確かに最近は私の家で紅茶を飲むとき、カリスト様が私の隣に座ることが多い。

だけどその距離感を見るだけでピンとくるというのは、さすがデレシア様ね。

「あとはカリスト様が応接室から出るとき、カリスト様のカップをアマンダ様が片付けようとしましたよね？」

「えっ、それも見ていたんですか？」

「はい、慣れたように自分のカップに重ねようとしていたので」

確かにカップを引き寄せて重ねようとしたんだけど、まさかそれを見られていたとは。

私のせいでカリスト様が家に来ていたことがバレてしまった……。

「ふふっ、大丈夫ですよ。これも内密にしますので」

「ありがとうございます……」

「もうお二人は婚約などはしているのですか？　それを内緒にしているとか」

「えっ、いやいや、していませんよ」

「していないのですか？」

不思議そうに首を傾げるデレシア様だが、確かに情報だけを聞くと私とカリスト様がそういう関係だと思うのは仕方ないかもしれない。

「私がパーティーでカリスト様のパートナーになったのは、カリスト様の令嬢避けのためです」

「はい、それは予想していましたが。ですが家で二人で食事をしているのは？」

「それはカリスト様が私の料理を気に入ってくださって、時々食事を共にするというだけです。それにカリスト様の秘書のキールさんも一緒に食事することもありますし」

「……はぁ、そうなんですか」

デレシア様はまだ眉をひそめているけど、とりあえず納得してくれたようだ。

顎に手を当てて少し下を向いて、何やら考え事をしているようだけど。

「カリスト様が想っているのは明らかで……アマンダ様は気づいていなくて……だけど無自覚なだ

けで……」

ぶつぶつと呟いているけど、こういうときは何も聞かないほうがいいだろう。

私も錬金術のことを考えているとき、無意識にぶつぶつと呟いていることがあるから。

「ふむ、お二人の関係、完全に理解できましたわ」

「あっ、それならよかったです」

「ええ、じれったい関係ということがわかりました」

「じれったい関係？」

「私が聞くことではないかもしれませんが……アマンダ様は、カリスト様のことをどう想っていらっしゃるのですか？」

「どう想っている、というのは……？」

「そのままの意味で、男性としてどう想っているか、ですよ」

カリスト様を男性として……つまり恋愛相手として、という意味よね。

うーん、ほとんど考えたことがなかった。

「カリスト様は私にとって、今の職場に引き抜いてくれた恩人で、上司で……男性として見ようと思ったことは、あまりないですね」

「そうだったんですのね。ですが男性として、結婚相手としてはいいと思いませんか？」

「もちろん、世間一般的にはとてもいいと思います」

容姿が良くて人間性も素敵で、ファルロ商会会長で侯爵家当主。

文句なんて、どれだけ探してもつけようがないだろう。

でも私がカリスト様と、なんて考えたことはなかった。

「私とカリスト様では立場や地位が違いますから。私は訳ありの男爵令嬢で、カリスト様の商会の一従業員です」

男爵家というだけでも地位が違うのに、家から追い出されて……今では誘拐されそうになっている訳ありの令嬢。

そして商会で働く従業員、ただの部下だ。

カリスト様と結婚するなんて、考えるだけ無駄だろう。

「彼と結婚することを考えるのに、立場や地位なんて気にしなくていいと思いますわ」

「そうでしょうか？」

「ええ、それにカリスト様が結婚相手に地位などを求めている人だとお思いですの？」

「……確かにそうですね」

カリスト様がそういうものを求めている人だったら、デレシア様と結婚しているだろう。

「だからカリスト様は政略結婚ではなく、恋愛結婚をするつもりだと思いますわ」

「なるほど、そうかもしれませんね」

「……まあ、私からは以上です。ただアマンダ様がカリスト様をどう想っているのか知りたいとは思いましたが」

「はぁ……考えときます」

なんだかふわっとした答えになってしまったけど、デレシア様は満足そうに笑みを浮かべて頷いた。

その後、私は寝る準備を整えて、客室のベッドに寝転がる。

今日はいろいろとあって疲れたわね……まさか公爵家の客室で眠るとは思っていなかったけど。

ナルバレテ男爵家からの襲撃は、これからも続くのかしら。

カリスト様とデレシア様には迷惑をかけているのに、全く嫌な顔をせずに接してくれる。

こんな優しい二人が私のために動いてくれているのは、本当に嬉しい。

だからこそ、これ以上迷惑をかけないように早急に解決策を練らないといけないわ。

……今は全く思いつかないから、明日になったら考えましょう。

考えるといえば、カリスト様への想いについて。

デレシア様に言われてから、初めてカリスト様を男性として見てみようと思った。

そもそも私は、あまり恋愛に関心がないし、関わりもなかった。

学院生の頃も錬金術の研究や、勉強ばかりしていた。

男性と関わるときなんて、学院生だけのダンスパーティーのときなんかに、数回ほどダンスをしたくらいだ。

だからカリスト様を男性として見る、というのはあまり考えてこなかった。

それに……考えちゃいけないと思っていたのも確かだ。

カリスト様は私に社交界のパートナー役を求めている。

なぜ私に求めたかというと、私なら勘違いしないとわかっているから。

彼は社交界に渦巻く人々の汚い感情が嫌いだった。

侯爵家当主という立場だけを見て近づこうとしてくる人が嫌いだと。

社交界は苦手で、今でも時々逃げているくらい。

だからカリスト様に想いを寄せていない私が適任だった。

でも……カリスト様を男性として、見ていいというのなら。

「っ……ダメね」

これ以上考えては、本当に眠れなくなりそうだ。

私が望んではいけない想いにも気づいてしまいそうだから。

それに、私は今の関係で満足している部分もある。

カリスト様が私の家に時々来て、私の料理を一緒に食べる。

美味しそうに食べてくれて、一緒に紅茶を飲んで、他愛(たわい)もない話をする。

そんな関係が心地よくて……私が何かに気づいたら、この関係が崩れてしまうと思うから。

私は余計なことを考えずに、眠りについた——。

翌日、私はレンホルム公爵家でデレシア様と朝食をいただいていた。

朝食も豪華だけど、でも優しい味のものが多いから食べやすいわね。

「昨日はよく眠れましたか」

「はい、ぐっすりと。ありがとうございました」

「それはよかったですわ」

デレシア様も寝起きとは思えないほどに綺麗な姿だ。

メイクとかしてないわよね？　さすがデレシア様ね。

「アマンダ様、昨日の話ですが」

「つ……その、カリスト様への想いは別に、何もなくてですね……」

「いえ、そちらではなく、ナルバレテ男爵家についてです」

「あっ、そ、そちらでしたか」

昨日の夜に考えてしまっていたから、その話かと勘違いしてしまった。

「ふふっ、そちらの話もしますか？」

「い、いえ、大丈夫です」

デレシア様はニコニコとしている。

は、恥ずかしいわ……話を戻さないと。

「それで、ナルバレテ男爵家についてですよね。何かありましたか？」

「何かあったというわけじゃありませんが、証拠を掴む方法を思いついたんです」

「えっ、本当ですか？」

「はい、ですがそのために、アマンダ様に作っていただきたいものがあって……」

「もの……魔道具ですか？」

「はい、こういう――」

デレシア様からその魔道具について詳しく聞いた。

確かにその魔道具があれば、ナルバレテ男爵家が誘拐を企んだという証拠を掴めるだろう。

「作れそうですか？」

「はい、問題ないと思います。いつまでに作ればいいですか？」

「そうですね……早めに問題解決をしたいので、次の社交パーティーまでに」

「わかりました」

私とデレシア様は一緒に頷いて、証拠を掴むために動きだした。

ジェム・ナルバレテが、アマンダを誘拐しろという依頼を出してから、一週間が経った。

雇った傭兵は失敗してしまい、アマンダを誘拐できなかった。

そのことにとても苛立ったが、傭兵たちからナルバレテ男爵家の名が出ることはない。

そういう魔術を万が一のためにかけておいたからだ。

「あんな小娘一人も攫えんとは、仕事のできないクズが……！」

誘拐に失敗してから、また他の傭兵に依頼をしたのだが……成果はない。

アマンダの居場所がわからなくなったからだ。

家に帰らなくなり、職場にも来なくなった。

どこに隠れているのかはわからない。傭兵もジェムも、アマンダの居場所の情報を全く掴めなかった。

だが今日、ようやくアマンダの居場所がわかった。

それが今、ジェムが来ている社交パーティーだ。

そこまで大きくないパーティーだから、男爵家のジェムでも急遽参加できた。

会場には百人近くの貴族の人々がいるが、これでも少ないほうだろう。

「お父様、ここにお姉様が来ているの？」

アマンダの妹のサーラも久しぶりに社交パーティーに来ていて、一緒になってアマンダを探していた。

「ああ、そうだ。あいつ一人で来ているはずだ」

「その……無能なお姉様を家に帰ってこさせるの？」

「ああ、あいつがいれば、うちはまだ立て直せるんだ……！」

「そ、そう……わかったわ」

サーラはアマンダが嫌いなようで、戻ってきてほしくはないようだ。

だがアマンダのことが嫌いなのはジェムも同じ、むしろジェムの方がアマンダを嫌っている。

しかしアマンダがいなければ男爵家はこのまま潰れる可能性が高い。

（あの無能を呼び戻して、教育するんだ……！　あいつは生意気に家から出ていったからな。もう逆らえないように教育して、一生家のために働かせてやる……！）

そう思いながら、血走った眼で会場を見回す。

そこまで大きくない会場、参加者も限られているから……すぐにアマンダが見つかった。

「いたな、あの無能が……！」

ジェムは大股で近づいていき、その後ろで早歩きでサーラがついていく。

アマンダもジェムに気づいたようで、近づいていくと軽くお辞儀をされる。

「ごきげんよう。お父様、サーラ」

ジェムから見ても綺麗なお辞儀で、ドレスや容姿も前に見たときよりも美しくなっている。

その姿が前妻に似ているからか、ジェムは不快そうに眉をひそめた。

「アマンダ、今までどこにいたんだ？」

「どこにいた、というと？」

「お前、ずっと職場にも家にもいなかっただろ」

「私が職場や家にいなかったことをなぜ知っているのですか？」

不思議そうに首を傾げるアマンダにイラッとする。

アマンダはすでにジェムが誘拐犯を送ったということに気づいているようだ。

だから挑発のためにそう言ったようにしか聞こえない。

「いいから質問に答えろ」

「……休みを取ってお友達の家に泊まっていたんです」

「まあ、お姉様にお友達なんていたの？　知らなかったわ」

横からサーラが嫌味を言うために口を出す。

表情にもアマンダを下に見ている感じが出ていた。

「ええ、あなたとは違って、素敵な女性とお友達になれたのよ」

「つ、よくも私を馬鹿にして……！」

サーラは前に、婚約者がいる男性に媚びを売るように話しかけてから、令嬢たちから嫌われているのを気にしていた。

だからサーラがキレて声を荒らげようとしたのだが……。

「サーラ、お前は黙っていろ」

「だけどお父様……！」

「俺の言うことが聞けないのか？」

「っ……はい、ごめんなさい」

ジェムが睨んで黙らせた。

最近、ジェムが家で荒れているから、サーラは怒られるのが嫌で逆らえなくなっていた。

「とにかくだ、アマンダ。家に戻ってこい」

「なぜでしょう？　あなたたちは私のことが嫌いで、私がいなくなってせいせいしているのでは？　前にサーラも言っていましたし」

アマンダの言葉に、ジェムは舌打ちをしてサーラを睨んだ。

サーラはビクッと震えてから視線を逸らした。

「サーラが何を言っても、ナルバレテ男爵家の当主は俺だ。お前は俺の言うことに従えばいいんだ」

「お断りします」

「っ、なんだと？」

「私はナルバレテ男爵家の屋敷には戻りません。一人暮らしの方が気楽で楽しいからです」

「お前、俺に逆らうのか!?」

ジェムが大きな声で怒鳴ると、会場にいる人たちが三人に注目する。

これ以上ここで話をすると、ジェムにとっていろいろと都合が悪い。

「お父様、庭に出ましょうか。ここでは周りの人の迷惑になってしまいます」

「……ああ、そうだな」

「わ、私はお花を摘みに行ってきますわ」

サーラはこの空気に耐えられずに、二人のそばから離れた。

アマンダからの提案だったのでそれに乗るのは癪だったが、ジェムはニヤリと笑う。

（しめた……この会場の庭には、すでに私が雇った傭兵たちがいる。アマンダを攫えるようにな）

アマンダを説得して連れ帰ることは無理だと、ジェムも最初からわかっていた。

だからアマンダが庭で一人になったときや、パーティーが終わって帰るときに攫おうと考えていたのだ。

（ふっ、お前は俺から逃げられないんだ、アマンダ……！）

そんなことを考えながら、ジェムはアマンダと共に会場の庭へ行く。

庭は結構広く、周りを木々が囲っている形だ。

おそらくそこらの木々のどこかに傭兵たちが隠れているはず。

ジェムが合図を出したら、傭兵たちが出てきてアマンダを攫う手筈になっている。

アマンダが庭の奥の方まで進んでから振り返って、話し始める。

「お父様、私はナルバレテ男爵家に戻るつもりはありません。たとえ男爵家から勘当されて、貴族から平民になってもです」

「……ふん、そんなのお前が決めることじゃない。俺が決めることだ」

ジェムは周りに人がいないことを確認しながら話す。

「誰がお前を育てたと思っている。お前は俺の言うことを聞くべきなんだ」

「そんな権利は親にはありません。私は私がやりたいことをやります」

「なんだと……!?」

ジェムは怒りすぎて逆に冷静になってきた。

ここで殴ったりして教育してもいいが、さすがに場所が悪い。

攫って家に戻り、そこで教育をするべきだろう。

「生意気に育ったな、無能のくせに……！」

「私が無能なら、なぜ連れ戻そうとするのですか？　私を無理やり攫ってでも連れ戻したいみたいですね」

アマンダが直接、ジェムに「誘拐犯はそちらが仕組んだのだろう」と暗に問いかけてきた。

ジェムは周りを見渡して誰もいないことを確認してから、鼻で笑って答える。

「はっ、お前が素直に戻ってこないからだ。戻ってこないなら何度でもお前の家に襲撃するぞ。これからは安眠することができなくなるかもな」

「……」

「最後のチャンスだ。ナルバレテ男爵家に戻れ、アマンダ」

この返答次第では、今すぐに傭兵たちに合図を出すつもりだ。

アマンダはジェムと視線を合わせながら、全く怯んでない様子で言う。

「戻りません。私はこれからもファルロ商会に勤めて、錬金術で人々のために魔道具を作っていきます。私の人生は、私で決めます」

「……そうか、残念だ」

ジェムは傭兵たちへの合図で、右手を上げた。

これで傭兵たちが出てきて、アマンダを攫う……はずだった。

「っ、なぜ……！」

しかし合図を送ったはずなのに、傭兵たちは誰一人出てこなかった。

まさか忍び込むことすらできなかったのか？

また失敗したのか？

そう考えていたのだが、右の方にある木々の後ろから誰かが出てきたのが見えた。

(ようやく来たか！)

ジェムが勢いよく右を見ると、そこには——。

「あらあら、楽しそうな現場に出くわしましたわ」

「俺たちも交ぜてもらおうか、ナルバレテ男爵」

傭兵たちの姿はなく、代わりに見えたのはカリスト・ビッセリンク侯爵。

そしてレンホルム公爵令嬢、デレシアがいた。

二人とも軽く笑いながら近づいてくるので、ジェムは冷や汗をかきながら後ずさる。

「お、お二人のような高貴な方が、なぜこんなパーティーに？」

「あら、このパーティーは私が主催したからですわ。主催者が来るのは当然では？」

「レンホルム公爵令嬢が……!?」

「ええ、こんなパーティー、と言わせるような小規模なものでごめんなさいね」

「い、いえ！　そんなことは……！」

「だけど理由がありましたの。聞いてくださる？」

「な、なんでしょう？」

「私の友達を虐（いじ）める貴族を、懲らしめてやろうと思って」

「っ……」

（その言い方と、この状況……まさか、レンホルム公爵令嬢の友達とは……！）

最悪の状況を思い浮かべて、ジェムは肝を冷やす。

デレシアがそのままアマンダの隣に並んだ。

「ですよね、アマンダ様」

「はい、デレシア様。ありがとうございます」

「いいえ、友達ですから」

「っ……」

まさかアマンダの友達が、レンホルム公爵令嬢のデレシアだったとは。

ジェムはそんなこと夢にも思わなかった。

アマンダがどこに隠れているのか全くわからなかったが、おそらくレンホルム公爵家の屋敷にいたのだろう。

そうだったのなら、居場所が全くわからなかったことも納得できる。

そして……この状況がジェムにとって厳しいことも理解した。

「さて、私の友達を虐める悪い貴族は……私の手で懲らしめてやりたいですわ」

「も、もしかして、私のことですか？」

「ええ、他にどなたがいらっしゃるの？」

「な、何か誤解をされているようです。私は娘のアマンダと話していただけで……」

「あら、この方たちはお知り合いじゃなくて？」

パチンとデレシアが指を鳴らすと、木の陰から何人もの男たちが出てくる。

格好を見るに衛兵か私兵なのか、どちらかはわからないが、そいつらが抱えている者たちは……

ジェムが雇った傭兵たちで間違いなかった。

「っ……」

全員がすでに気絶し、捕縛されていて……ジェムの作戦はすでに破綻していた。

（だ、だがまだ、言い逃れはできる……！）

「し、知らない連中ですな」

「あら、そう？」

「はい、もちろん。見たところ傭兵のようですが、この会場を狙っていた輩でしょうか？　どうやらすでに捕縛しているみたいで、さすがレンホルム公爵家の騎士ですね」

「ふふっ、お褒めいただき光栄ですわ。だけど捕縛は簡単でしたのよ、傭兵が来るってわかっていましたから」

「そ、そうですか」

状況からみるに、やはりジェムが傭兵を雇ってアマンダを攫おうとしたことはバレていたようだ。

しかし……。

（あの傭兵たちを私が雇ったという証拠はない！　あいつらが目覚めて尋問されても、私の家の名前は言えないようにしている！　証拠は不十分だ！）

まだこの場で断罪されるほどの証拠はない。

たとえ公爵令嬢、侯爵家当主が揃っていても、それは変わらない。

ただ今後、アマンダに手を出すのがさらに難しくなるだけで……と、ジェムは考えていたのだが。

「あらあら、余裕そうなお顔をして。あなた様はもうすでに追い詰められているんですわよ。ナルバレテ男爵様」

「っ……な、なにがでしょうか」

「アマンダ様、あれをこの方に見せて差し上げて」

あれ、とはいったい何のことなのか。

嫌な予感がしながらジェムがアマンダの方を見ると、彼女は懐から何かを取り出した。

手のひらよりも小さいもので、おそらく魔道具なのだろう。

しかしどういうものなのか、見た目ではまったくわからない。

アマンダが魔道具の真ん中あたりに付いている突起をカチッと押すと……。

『――お父様、私はナルバレテ男爵家に戻るつもりはありません。たとえ男爵家から勘当されて、貴族から平民になってもです』

『……ふん、そんなのお前が決めることじゃない。俺が決めることだ』

音声が流れてきて、その言葉を聞いたジェムは目を見開く。

「なっ、これは……！」

「お気づきになりました？　こちらは小型の録音機です。この時のために、アマンダ様に作っていただいたんですよ」

デレシアが変わらず笑みを浮かべながら説明をした。

「普通の録音機の使い方は音楽などを録音し、家で楽しむものですので、音質にこだわって大きなものが多いですが……ふふっ、今回は音質にこだわる必要はないですから」

「小型にするのは比較的簡単でした」

「くっ……！」

さっきまでのアマンダとの会話が全部録音されていた、ということは……。

ジェムは焦り始めるが、もう遅い。

『私が無能なら、なぜ連れ戻そうとするのですか？　私を無理やり攫ってでも連れ戻したいみたいですね』

『はっ、お前が素直に戻ってこないからだ。戻ってこないなら何度でもお前の家に襲撃するぞ。これからは安眠することができなくなるかもな』

ジェムが傭兵を雇ってアマンダを誘拐しようとしたことを認めた音声が流れた。

「あらあら、カリスト様。今の声、聞きました？」

「ええ、はっきりとこの耳で」

「何やらナルバレテ男爵様が、アマンダ様を攫うために家を襲うという自白が聞こえましたわ」

デレシアとカリストが小芝居のようなやり取りをするが、ジェムは呆然としていて何も聞こえていなかった。

「……っ、ア、アマンダ、嵌めやがったな！」

魔道具を作って、ジェムが自白するように会話を誘導して録音したアマンダ。

ジェムの怒りは当然、彼女に向く。

だがジェムに睨まれても、アマンダは一歩も引かず視線も逸らさない。

「先に仕掛けてきたのはそちらです。対策するのは当たり前です」

「くっ……！」

「それにナルバレテ男爵様。あなたは詰めが甘いですわ。傭兵たちに自分の家の名前を言えないようにしたようですが……尋問したときに、この国の男爵家の名前を全て言わせました」

「なっ!?」

「百ほどの家名を一つずつ言わせたところ、ナルバレテ男爵家だけ言えなかった……これもだいぶ証拠になりますわ」

　ニッコリと笑うデレシアに、ジェムはゾッとする。

　まさかそんな尋問の仕方をしていたとは、夢にも思わなかった。

「男爵家だけじゃなく、全ての家名を今後聞いてもいいですが……もうその必要はなさそうで安心しましたわ」

「そうですね、もう証拠は揃いました」

　レンホルム公爵家の令嬢、ビッセリンク侯爵家当主が揃っていて、証拠も押さえられた。

　もう言い逃れはできない――。

（なぜ、こんなことに……俺は何を間違えた？　いや、間違えていない、俺は何も……ただあいつのせいで、あの女の娘の、あいつのせい――！）

ジェムは頭に血が上り、原因となった女を睨んだ。

「アマンダ、貴様のせいで……貴様のせいだぁぁぁ！」

懐に隠し持っていた短剣を取り出し、せめて一矢報いようとアマンダに近づいてその短剣を振り下ろす――。

「アマンダ、貴様のせいで……貴様のせいだぁぁぁ！」

お父様は追い詰められてやけくそになったのか、血走った眼で私のもとに走ってきた。

懐に手を入れて、短剣を取り出した。

まさか武器を持っていて、この場で私に攻撃を仕掛けてくるとは思っていなかった。

私は武器になる魔道具は持っていないし、もう近くまで来ているから避(よ)けられない。

せめて証拠になる録音機は守らないと……！

そう思っていたのだが――突然、私とお父様の間に、黒い影が割り込んできた。

それが人間で、すぐにカリスト様だということに気づいた。

「ぐっ……！」

カリスト様は何やら呻(うめ)いた後に、右腕を振りかぶってお父様の横っ面(つら)を殴った。

「がはっ……！」

吹っ飛んだお父様は地面に転がり、その場で動かなくなった。

どうやら気絶したようだ。

「その男を捕縛しなさい！」

すぐさまデレシア様が周りにいる騎士たちにそう指示を出して、お父様に騎士たちが近づいていくのが見えた。

しかし、カリスト様がその場にしゃがみこんだので、私はすぐに駆け寄る。

「カリスト様、大丈夫ですか⁉」

「ああ……かすり傷だ」

「つ、全然かすり傷じゃないですよ……！」

短剣を腕で受けたようで、かなり出血していた。

とても痛むのか、カリスト様は顔を歪めていた。

「すぐにポーションを作りますから！」

「いや、大丈夫だ……この時のために、ポーションは持ってきている」

カリスト様は懐から傷に効く青のポーションを取り出し、傷口にかけた。

みるみる治っていき、傷口は塞がった。

「ふぅ……やはりアマンダが作ったポーションは効くな。普通のポーションよりも治りが早い」

「それならよかったですが……」

確かに私が作る傷を治すポーションは、私の魔力が入りすぎて、ファルロ商会で売られているものよりも効果が高い。

だからこそ商品化できないという欠点はあるんだけど……。

前に何個か作ってカリスト様に渡しておいてよかった。

「いつも懐に入れていたんですか？」

「いや、今日のために入れてきた。何かあったらと思ってな」

「何かって……お父様が襲い掛かるってことを予期していたんですか？」

「ああ、普通の貴族ならこれ以上罪を犯すことはしないだろうが、馬鹿で追い込まれた奴は何をするかわからない。万が一を想定していてよかった」

カリスト様はそう言って笑うが、まだ少し顔色が悪い。

すぐに治したとはいえ、あんな大怪我を負ったのだ。

「すみません、カリスト様……私もお父様の性格を考えたら、なりふり構わず攻撃をしてくるってわかったかもしれないのに」

「いや、大丈夫だ。アマンダが無事でよかった」

カリスト様は私の頭を撫でながらそう言った。

その優しい笑みと撫でられたことに、私は胸が高鳴ってしまい顔を逸らす。

こ、これはズルいわ……。

ドキドキしすぎて、カリスト様のことが見られない。

「あ、ありがとうございます、カリスト様。だけど、こんな無茶はもうなさらないでください」

守ってもらって嬉しいけど、それでカリスト様が傷を負うのは嫌だ。

「ああ、わかっている。俺も痛いのは嫌だからな」

カリスト様はそう言って苦笑した。


その後、デレシア様がすぐに衛兵を手配してくれて、お父様は連れていかれた。

デレシア様はカリスト様を医務室に運ぼうとしたけど、もう傷が治っているのでビックリしていた。

「アマンダ様のポーションはすごいですわね。私もいくつか貰(もら)いたいですわ」

「もちろん作って差し上げますよ。デレシア様には今回のことも、とてもお世話になったので！」

「ふふっ、ありがとうございます」

そして、今回の社交パーティーは幕を閉じた。

帰るときに妹のサーラを見かけたが、まだ彼女はお父様が捕まったことを知らないみたいだった。

サーラの方から私に近づいて嫌味を言いに来たので、私はその時に伝えた。

「サーラ、さっきお父様が捕まって衛兵に連れていかれたわ」

「はっ？　ど、どういうことよ」

「私を誘拐しようとした罪と、カリスト様を殺そうとした殺人未遂で。今後、ナルバレテ男爵家は取り潰しになると思うわ」

「え、えっ……！」

全く状況がわからず混乱しているようだが、仕方ないことだろう。

だけど私はサーラやパメラ夫人を助けたりはしない。

そんな義理はないし、私も今後、没落貴族の娘として扱われることになると思うから。

「自分の身の振り方を考えといたほうがいいわ」

「っ……！」

私はそれだけ言って、サーラと別れた。

今後、彼女と会う機会があるのかわからないけど……お互いに元気で過ごしていけたらいいわね。


それから数週間後……ナルバレテ男爵家は取り潰しとなった。

デレシア様もカリスト様も動いてくださって、すぐにお父様は裁判で裁かれて牢獄行き。

男爵家の財産も差し押さえられ、没落貴族となった。

サーラやパメラ夫人が私に文句を言いに来るかもしれない、と思っていたけど、そこもカリスト様とデレシア様が対処してくれたようだ。

本当に、お二人には頭が上がらない。

今は、私がお礼をしたいと言ったら、二人とも私の手料理が食べたいと言うので、家に招待したところだ。

まさか公爵令嬢と侯爵家当主のお二人に、私の家で手料理をふるまうことになるとは……。

「んっ、美味しいですわ、アマンダ様」

「ありがとうございます、デレシア様」

「味付けも素晴らしいですし、とても落ち着くような味で……カリスト様が毎日食べたいというのも頷けますわ」

「ええ、そうでしょう。できればさらに落ち着いて食べるために、アマンダと二人で食べたかったのですが」

「ふふっ、今日は我慢してくださいませ」

二人は和やかに食べている様子なんだけど、時々軽く言い争うように話している。

仲が良いのか悪いのかわからないわね……。

夕食を食べ終わり、紅茶を淹れる。今日はデレシア様がいるので、ラベンダーのハーブティーだ。

私とデレシア様が並んでソファに座り、カリスト様が一人用のソファに座る。

最近はカリスト様と並んで座っていたから、斜め前に彼が座るのを見るのは久しぶりね。

「ご馳走さまでした、アマンダ様。本当にとても美味しかったですわ」

「それはよかったです。少しでもお礼ができたのなら嬉しいですが……」

「もちろん、とても素晴らしいお礼でしたわ」

デレシア様はそう言って微笑(ほほえ)んでくれた。

私のお父様を捕まえるために社交パーティーを開いてくれて、公爵家の騎士も動かしてくれて、本当に感謝しかない。

約束通りにポーションも差し上げたけど、これくらいで恩を返しきれたとは思えない。

でも喜んでもらえてよかった。

「しかし……アマンダが貴族の令嬢じゃなくなったのは少し痛いな」

「そうですか？」

カリスト様の言葉に私は首を傾げる。

確かにナルバレテ男爵家は取り潰しになったから、私は貴族ではなくなった。

だけど私が困ることは特にない。

男爵家の財産が差し押さえになったが、私が今持っているお金までは取られなかった。

そこもデレシア様とカリスト様が上手(うま)くやってくれたようだ。

たとえ私の今の財産も差し押さえになったとしても、ファルロ商会で今後も稼いでいけば問題ない。

没落貴族の娘ということで、世間体が悪くなったかもしれないけど、私は全く気にしないし。

カリスト様やデレシア様が離れていく、ということがあれば嫌だったけど、そんなことで離れていくような人たちではないということはわかっている。

「ああ、アマンダが貴族の令嬢じゃなくなったから、社交界に参加できなくなるだろう？」

「確かにそうですね」

平民でもよっぽどの功績を持っている人、例えば名誉騎士とかに任命された人だったら参加できるだろうけど。

私は肩書としては貴族から平民になってしまったので、もう社交界には参加できない。

個人的には別に困るわけではないけど……。

「俺は社交界で今後、誰をパートナーにすればいいのか……」

カリスト様は困ったようにため息をついてそう言った。

そうか、カリスト様は私をパートナーにしていたから、私が出られなくなると困るのね。

「すみません、ご迷惑をおかけして……」

「いや、アマンダのせいではないから謝る必要はない」

「ふふっ、それなら私がパートナーになりましょうか？」

デレシア様が笑みを浮かべながらそう言った。

このお二人がパートナーとして社交界の会場にいても、誰も文句は言わないだろう。

「それがいいですよ、カリスト様。お二人ならお似合いですし」

「……お似合い、か」

「ふふっ、アマンダ様はやはり面白いですわね」

「えっ？」

なんでいきなり面白いって言われたのかしら。

それにカリスト様もなぜか少し落ち込んでいるし。

「俺とデレシア嬢がパートナーになったら、いろいろと噂されるだろうからな。お互いのためにならない」

「確かにその通りですわ。それによって何かしらの利益も出るかもしれませんが、あまりしたいとは思えませんわね」

「そうなんですね……」

二人ならお似合いだと思ったけど、残念だ……。

でも少しホッとしてしまった。

私がいなくなってからすぐに、カリスト様が他のパートナーの方を連れて社交界に行くことを考えると……なんだかモヤモヤする。

私はカリスト様を恋愛対象として好きになってはいけない、というのに。

お父様から守ってくれたときに見たカリスト様の笑みが、頭から離れない……。

これじゃダメね、パートナー失格……いや、もうパートナーではないわね。

カリスト様のパートナーとして社交界に参加することはもうない。

そう考えると、少し寂しい。

「俺がデレシア嬢とくっついてもいいと思われている……全く意識されていないのか……アマンダをパートナーとして連れていけないなら、もういっそのこと婚約をして……いや無理やりは絶対にダメだが……」

私が考え事をしている間に、カリスト様も何か考えながら呟いているみたいだ。

私とカリスト様の様子を見て、デレシア様が笑みをこぼして話す。

「ふふっ、お二人とも、大丈夫ですわ。私にお任せください」

「ん？　何をだ、デレシア嬢」

「私がすぐに、アマンダ様を社交界に連れ戻して差し上げますわ！」

「えっ……？」

デレシア様が自信満々にそう言い放ったが、私とカリスト様は首を傾げる。

私を社交界に連れ戻す？

どうやってだろう？

レンホルム公爵家の令嬢のお客人、と言えば社交界に何度かは行けるかもしれないけど、毎回行けるわけじゃない。

それにそうなるとデレシア様の客人なので、カリスト様のパートナーにはなれないだろう。

「デレシア嬢、いったいどういうことです？」

「あと一週間もすればわかるので、お楽しみに」

デレシア様はそう言ってウインクをした。

私もカリスト様もこの場ではわからなかったが――。


――一週間後。

私の家に、ある招待状が届いた。

それには「名誉錬金術師の称号授与式」とあり、王族の紋章が描かれていた。

「え、えっ……名誉錬金術師？」

私は驚いて何度もその招待状を見てしまう。

今日もカリスト様とデレシア様を家に呼んで夕食を一緒に食べていたのだが、カリスト様もこの招待状には驚いていた。

「名誉錬金術師だと？　まさかそんな称号を、アマンダが……！」

「こ、これって、名誉騎士とほぼ同等の称号ってことですか？」

「ほぼ同等ではなく、完全に同等だ。デレシア嬢、これはあなたが？」

「ふふっ、私が動かせていただきました！」

デレシア様は可愛らしいドヤ顔をしていた。

「動くといっても、王族の方と食事をする際に、アマンダ様の商品などを紹介しただけですよ」

いや、それだけでもすごいけど……それに王族の方と食事なんて、普通の貴族だったらできないだろう。

「ポーションやドライヤー、それに保湿オイルにマッサージ器。どれも素晴らしいという話をしましたわ。特に国王陛下はマッサージ器を、王妃陛下は保湿オイルを気に入られていましたわ」

「そ、そうなんですね。それは光栄です」

「だから名誉錬金術師の授与をすぐに決断していただきました。さすがアマンダ様ですわね」

「い、いえいえ、デレシア様のお陰です」

「私は紹介しただけですもの。認められたのはアマンダ様が作った商品ですので、謙遜なさらないで大丈夫ですわ」

商品を認められたのは嬉しいけど、それでもまさか国王陛下と王妃陛下に気に入っていただけるとは思ってもみなかった。

名誉錬金術師……名誉騎士と同等の称号ということは、私は平民だけど一人で社交界に参加できる資格を手に入れた。

つまりカリスト様のパートナーとして参加しても、問題ないということだ。

「ありがとうございます、デレシア様！　どうやってお礼をしたらいいか……！」

「お礼なんかいりませんわ。私は友達のアマンダが正当に評価される手伝いをした、むしろそのお手伝いができて光栄ですわ」

「デレシア様……！」

なんて素敵で素晴らしい人……！

私が男性だったら、デレシア様ほどの女性を放っておかないのに。

だけどデレシア様ほどの素敵な女性、そこらの男性なんかと釣り合いが取れるわけがない。

くっ、私が男性でもデレシア様と釣り合いは取れないわね。

「デレシア様のような素敵な女性と友達になれて、本当に光栄です！」

「ふふっ、こちらこそですわ、アマンダ様」

彼女の友達として、今後も相応しい振る舞いをしていかなければ。

「今後は社交界でデレシア様と会うときは、より一層完璧な女性として振る舞いたいと思います！」

「そんなに固くならなくても大丈夫でしてよ？　私もあなたと社交界で会いたいから、動いただけですし」

アマンダ様はにこやかに笑いながら「それに」と続ける。

「私が動かなくても、もう少し待てばあなたは貴族になっていたかもしれませんわね」

「えっ……貴族に、ですか？」

「はい」

私が貴族になっていた？　どういうこと？

ナルバレテ男爵家を引き継ぐ、ということかしら？

「ねえ、カリスト様。そうは思いませんか？」

「ん……デレシア嬢、あなたは私になんて答えてほしいんですか？」

「ふふっ、どうでしょう。ただ少し正直にお話ししてほしい、と思いますが」

「……まあ、否定はしないでおきます」

えっ、カリスト様も私が貴族になるかもしれない、と思っていたの？

「なんで私が貴族になると？」

「ふふっ、なんとなくですわ、アマンダ様」

うーん、よくわからないけど、詳しくは教えてくれないみたいだ。

「外堀から埋めようとしているのかわかりませんが、気持ちは早く伝えたほうがよろしくてよ。アマンダ様はそういうことに疎いですが、周りがどう動くかはわかりませんもの」

「……貴重な意見、ありがとうございます。参考にします」

いきなり二人がコソコソ話をし始めたけど、どうしたんだろう？

だけど仲が悪くはないみたいだから、よかったわ。

そういえば、今私が作っているものをまだカリスト様に伝えていないわね。

出来てから渡したいし、驚かせたいから……しばらく言わないでおこう。

二人が内緒話をしているから、私も内緒にしていても罰（ばち）は当たらないわよね。

無能と言われた
錬金術師
~家を追い出されましたが、凄腕だとバレて侯爵様に拾われました~

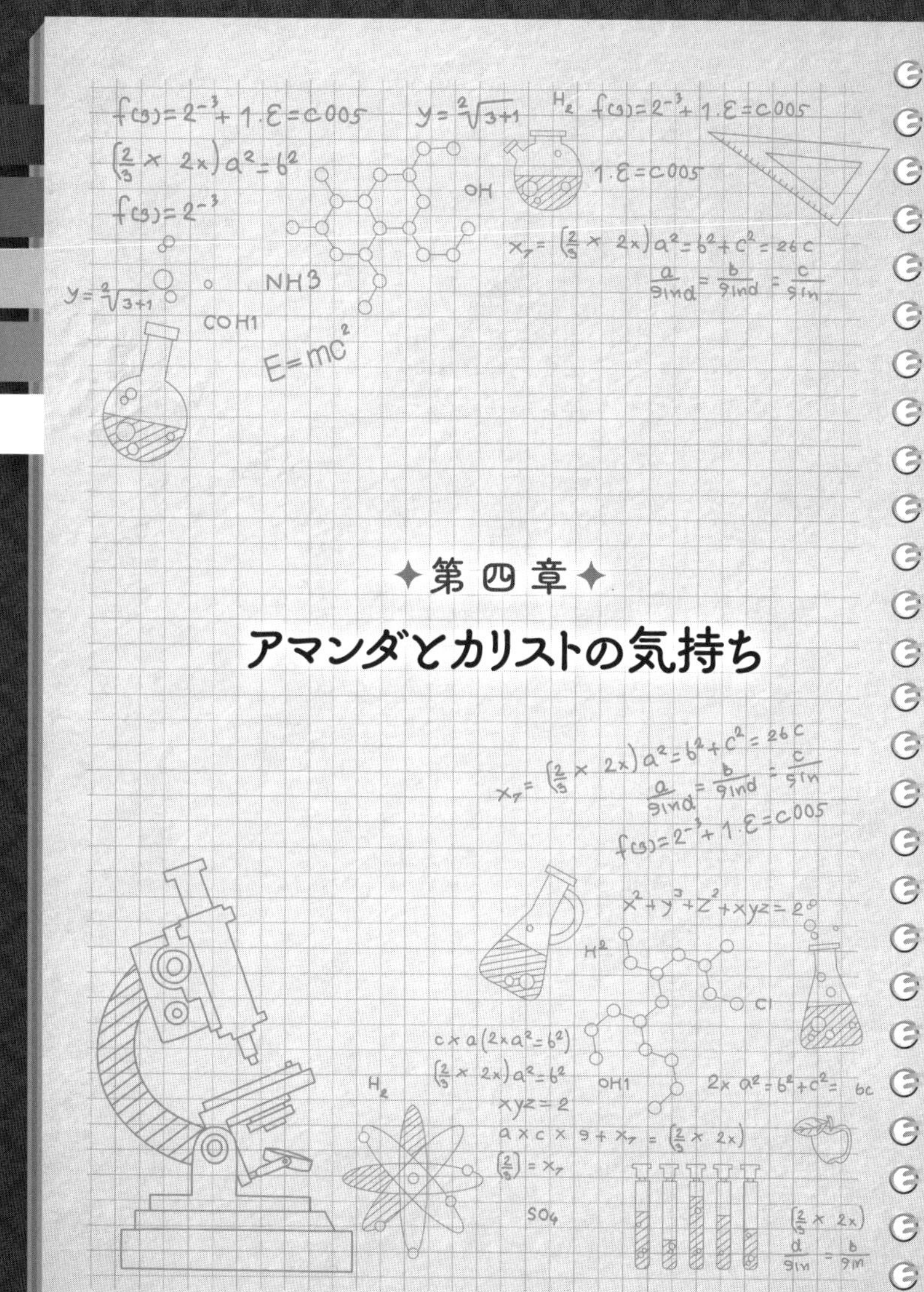

✦第四章✦

アマンダとカリストの気持ち

私に名誉錬金術師の称号授与式の招待状が届いてから、一週間後の今日。

授与式があって、その後のパーティーにそのまま参加していた。

授与式は……本当にとても緊張したわ。

王宮で行うなんて思わなかったし、謁見の間で多くの貴族の方に囲まれながら、その中心で国王陛下に名誉錬金術師の盾を授与された。

国王陛下とは初めてお話をしたけど、威厳がありながらも穏やかな笑みを浮かべる人だった。

それにあんな公式の場でいきなり耳打ちをされてビックリした。

『マッサージ器、素晴らしかった。できればなんだが、座りながら腰をマッサージしてくれるものは作れるか？』

『えっ……つ、作れると思いますが』

『じゃあぜひ頼む。私の腰がそろそろ駄目になりそうだと思っていたんだが、救世主が現れたような気分だな』

さらに……。

『あっ、あと妻が桜の香りがする保湿オイルが欲しいと言っていたが、できるか？』

『は、はい、もちろんです』

『それも頼む。私が欲しいものだけを頼んだと知ったら、なんて言われるかわかったもんじゃないからな』

国王陛下はそう言って穏やかに笑っていた。

真面目で厳かな人だろうと思っていたけど、意外とお茶目なところがあって親近感を覚えた。

とても緊張はしていたけど……！

座りながら腰がマッサージできるものと、桜の香りがする保湿オイル。

急いで作って献上しないといけないわね。


そんなことを考えながら、パーティーに参加したんだけど……。

「アマンダ様、名誉錬金術師の称号授与、おめでとうございます！」

「とても素晴らしいですね！　アマンダ様の錬金術の腕にこれからも期待しております！」

「ぜひ我が商会とも提携して商品を作っていただきたいです！」

いろんな貴族の方に話しかけられて、とても疲れる……。

いや、想像はしていたけど、まさかこんなに来るとは思っていなかった。

ここ十数年、名誉錬金術師の称号を授与された人はいなかったようなので、注目されるのは仕方がないのだろう。

ひっきりなしに人が来て囲まれ続けているから、休憩する間がない。

こういう社交の場での振る舞いは学院で学んできたけど、ここまで人が集まって話し続けるという状況になったときのことは教わっていない。

ど、どうしようかしら……。

「お話し中、失礼しますわ」

私が困っていると、とても通る声が聞こえてきた。

貴族の人たちに囲まれていて姿が見えないけど、この声はデレシア様ね。

「私もお友達とお話ししたいのですが、通していただけますか？」

「レ、レンホルム公爵令嬢。もちろんです、どうぞ」

すぐに囲んでいた人が道を空けて、私のもとにデレシア様がやってきた。

「デレシア様、出向いていただいてすみません。私の方からご挨拶にお伺いしたかったんですが」

「いえ、本日の主役のアマンダ様に出向いていただくわけにはいきませんわ。私もお話ししたかったですから」

「ありがとうございます、デレシア様」

名誉錬金術師の称号を授かったとはいえ、公爵令嬢の方が平民に話しかけに来ることはまずない。

なのに話しかけに来てくれたのは、私が困っているとわかったからだろう。

本当に優しいわね、デレシア様は。

「その、お二人は仲がよろしいのですか？」

周りにいた一人の貴族の令嬢がそう問いかけてきた。

「ええ、アマンダ様とはお友達ですの」

「そ、そうだったんですね。さすがレンホルム公爵令嬢のご友人ですね、名誉錬金術師になるほどの方だったとは」

「ええ、彼女が名誉錬金術師になったのも、私は全く驚きませんでしたわ」

驚かなかったというか、名誉錬金術師になれたのはデレシア様のお陰なんだけどね。

「アマンダ様の交友関係もすごいですね。まさかレンホルム公爵令嬢とご友人とは」

「デレシア様がとても素敵な方で、私の方がいつもお世話になっていますが」

「いえ、アマンダ様。私も保湿オイルは愛用していますし、アマンダ様と共同開発した香水は私のブランドでも大人気ですわ」

「えっ、レンホルム公爵令嬢のブランドで最近出た香水は、アマンダ様と開発したものなんですか？」

「ええ、そうですわ」

「私も購入しましたが、他の香水よりも香りが濃厚で素晴らしいと思っておりました！　名誉錬金術師のアマンダ様がお作りになったのですね、さすがです！」

「ありがとうございます」

デレシア様が来てくれたお陰で、私だけじゃなくてデレシア様の方にも話が振られるようになったから少し余裕ができた。

本当にデレシア様には頭が上がらないわ……。

「ご友人関係といえば、アマンダ様はビッセリンク侯爵家当主のカリスト様とも仲が良いですよね」

一人の年配の男性がそう話を振ってきた。

「はい、仲良くさせていただいております」

「何度かダンスパーティーでパートナーを務めていらっしゃるのを見たことがありますが……婚約をなさっているのですか？」

「いえ、婚約はしていませんよ」

私がその言葉を放った瞬間、少しだけこの場の空気が変わった気がした。

「なるほど、婚約はしていらっしゃらないのですね。恋人、という関係でもないのですか？」

「はい、そうですね」

「なるほどなるほど……」

な、なんだろう、年配の男性が頷き（うなず）ながら笑みを深めている。

確かこの人は伯爵家の当主だった気がするけど。

「それならアマンダ様に、うちの息子をぜひと思って――」

「アマンダ様、先ほど喉が渇いたと言っておりませんでした？　あちらに飲み物と食べ物が置いてあるので、一緒に行きませんか？」

伯爵家当主の方が言い切る前に、デレシア様が割り込んでこの場を抜け出す提案をしてくれた。

私もそろそろ抜け出したいとは思っていたけど、デレシア様にしては少し強引なやり方だ。

だけど強引にしないといけない理由があったのだろう。

「ええ、ありがとうございます、デレシア様」

「皆様、アマンダ様は授与式から動き続けていて疲れていらっしゃるので。お話ならまた後でしてくださらない？」

「おお、もちろんです。アマンダ様、お疲れのところすみませんでした。ぜひご休憩なさってください」

「はい、お気遣い感謝します」

私とデレシア様は一礼をして、その場から離れる。

この会場には休憩室がいくつかあり、そこでは座って食べ物や飲み物をいただける。

デレシア様と一緒に休憩室に入り、ソファに向かい合って座った。

「デレシア様、連れ出していただいてありがとうございます」

「いえ、構いませんわ。アマンダ様はお疲れでしょうし」

「はい、少し……だけどその、私は何かやってしまったでしょうか？」

さっきの空気が変わった瞬間から、すぐにデレシア様が私を連れ出した。

だから何かやらかしたとは思ったんだけど……。

「うーん、特にやらかした、とまでは言いませんが……今後、アマンダ様とカリスト様にお見合い話が届くようになる、ということでしょうか」

「えっ、カリスト様だけじゃなくて、私に？」

「はい」

カリスト様にお見合い話が届くのは当たり前だろう、侯爵家当主でファルロ商会の会長なんだから。

だけど、私にも？

「アマンダ様。あなたはとても謙虚で向上心があって好ましい性格をしていますわ」

「えっ、あ、ありがとうございます」

「だけど、謙虚すぎて自分の価値をわかっていない、もしくは下げすぎていることがあります」

「私の価値、ですか？」

「ええ。あなたはこの国で一番のファルロ商会、そこの開発部の副部長。それだけでも素晴らしいのに、名誉錬金術師になった女性。今、この称号を持っている方はあなたしかいないんですのよ」

私だけ……確か、ニルスさんもそう言っていた。

オスカルさんとニルスさんに名誉錬金術師になることを伝えたときに。

『えー、すごいね。で、名誉錬金術師って何？』

『……まあ珍しい称号だから、知らないのも無理はないかもな。確か、現在その称号を持っている者はいなかったはずだ』

『そんなすごいものだったんだね。アマンダちゃん、おめでとう！』

『おめでとう、アマンダ』

二人からはそんなお祝いの言葉をいただいた。

オスカルさんは自分が選ばれていないことについて何か思うのかな、とは考えたけど……。

自分が楽しければそれでいい、って人だからね、オスカルさんは。

そんなことを考えていると、デレシア様が話を続ける。

「それに容姿も整っていて、年齢も二十歳ほど。没落貴族の娘という多少の欠点をひっくり返すほどの価値が、あなたにはあるんですの。没落貴族になってしまったのはあなたのせいではないですが」

「そ、そこまで言っていただけると嬉しいですが……」

「だから、カリスト様と婚約していない、恋人同士じゃないと言ってしまったら、今後お二人にそういう話が届きますわ」

あっ、あの空気が変わった理由は、私が婚約していないと言ったからか。

私はカリスト様のパートナーだけど、婚約はしていないから正直に話してしまった。

パートナーだとしても婚約していなかったら、まだチャンスはあると思われて当然だろう。

だけどまさか私にまでお見合い話が来るなんて、今のところ考えられないけど……デレシア様が言うなら、本当に来るのかもしれない。

そう考えていると、休憩室のドアがノックされる音が響いた。

「誰でしょう？」

「あっ、私がここに入る前に使用人にカリスト様をお呼びするように伝えたんです」

「そうだったんですね」

確かにカリスト様にもお伝えしたほうがいいわよね、さすがデレシア様だ。

デレシア様が「どうぞ」と言うと、カリスト様が恐る恐るというように中に入ってきた。

少し怪訝な顔をしていたが、私の顔を見るとホッとしたような表情になる。

「なんだ、アマンダもいたのか。デレシア嬢に呼び出されたと思っていたが」

「私一人に呼び出されたら、そんなに怖いんですの？」

「いや、そんなことはないですが、少し警戒してしまうのは確かです」

「まあ、失礼なこと」

お互いに笑っているから喧嘩をしているわけじゃないと思うけど、最近はお二人でこういうやり取りをすることが増えてきたわね。

カリスト様は私の隣に座って、軽く水を飲んだ。

「さて、なんで呼び出されたんだ？　俺としては助かったが」

「助かった、ですか？」

「なぜかいきなり令嬢からの誘いが多くなったんだ。まあ全部断ったんだが、俺の周りから離れようとしない令嬢が多くて。レンホルム公爵令嬢に呼ばれている、と言われたから抜けられたが」

「私の名前が有効活用できたようでよかったですわ」

「ええ、助かりました。それで、用件は何ですか？　まさか助けるために呼んだわけじゃないでしょう」

「そうですね……」

デレシア様がチラッと私の方を見てくるので、一つ頷いて喋りだす。

「すみません、カリスト様。私が少し失言をしてしまって……」

「アマンダが失言？」

私が「カリスト様とは婚約していない、恋人同士でもない」ということを周りに言ってしまった、ということを伝えた。

「なるほど……だからパーティーの途中から、令嬢からの誘いが多くなったのか」

「すみません、正直に話してしまって……！」

「いや、大丈夫だ。確かにパートナーではあるが……そこまでの関係ではないからな」

そう、私とカリスト様は婚約してもいないし、恋人でもない。

令嬢から誘われるのを避けるために、パートナーになったにすぎない。

「二人が一緒にいないからされた質問でもありましたわ。あの伯爵の方、結構なやり手ですわ。それにすぐアマンダ様と令息のお見合い話を持ちかけようとしていましたし」

「えっ」

「なんだと……!?」

お見合い話を持ちかけられたと聞いて、私とカリスト様は驚いた。

そういえばあの伯爵の方、何か話そうとしていた気がするわね……。

すぐにデレシア様が遮ったので、聞き取れていなかった。

というか、カリスト様も驚きすぎじゃない?

「まさかそんなすぐにお見合い話が来るとは……!」

「これからもっと来ますよ、アマンダ様には」

「いやいや、そんなに来ることはないと思いますよ」

デレシア様は私にお見合い話がいっぱい来ると言っているが、そんなに来ないと思う。

伯爵の方がお見合い話を持ちかけてきたらしいが、あの方が珍しいだけだろう。

せいぜい来るとしても一つか二つくらい――。


――だと思っていたんだけど……。


「お、多すぎる……!」

数日後、私の家に手紙が何十通と届いていた。

今までもパーティーやお茶会の誘いはあったけど、ここまで多くはなかった。

しかも内容をいくつか見ると、お茶会などの誘いではなく……お見合いの話がほとんどだった。

男爵家、子爵家がほとんどだが、中には伯爵家からのお見合い話も届いているようだ。

正確に数えてないけど、三十家くらいから……まさか、デレシア様の言う通り、ここまで来るとは思わなかったわ。

家で手紙を前にどうしようか悩んでいると、家のドアがノックされた。

今日はカリスト様が来ることになっていたから、返事をしながらドアを開けた。

「あれ、キールさん？」

「はい、キールです、アマンダ様」

しかしそこにはカリスト様ではなく、彼の執事兼秘書のキールさんがいた。

「カリスト様は本日仕事が忙しく、訪問することができないとのことです」

「あっ、そうでしたか……それを伝えに来てくれたんですか？」

「はい、夕食の準備などもしているだろうから、早めに伝えに言ってくれ、と」

「ありがとうございます」

確かにそろそろ夕食の準備を始めようとしていたので、来ないことが早めに知れてよかった。

「キールさん、わざわざ来ていただいたんですし、お茶でもどうぞ」

「……では、お言葉に甘えて」

キールさんは礼儀正しく一礼をしてから入ってきた。

「ソファに座って待っていてください」

「はい……おや、こちらの手紙は？」

「あ……」

ソファで待ってもらおうとしたんだけど、テーブルに手紙を出しっぱなしにしていたのを見られてしまった。

「えっと、パーティーとかお茶会のお誘いです」

「それだけにしては多いと思いますが」

「そ、そうですね……」

「……なるほど、お見合い話がほとんどのようですね」

「うっ……」

さすがキールさん、私の反応と手紙の数でズバリ言い当ててきた。

私が紅茶を淹れている間、キールさんがテーブルの手紙をまとめてくれていた。

しかも令嬢から届いているお茶会の誘い、令息から届いているお見合い話などで、しっかり分けてくれている。

「キールさん、すみません。手紙は適当に横にずらしてくださってよかったのに……」

「こういう雑務は慣れているので。それに私はこういうのを見ると放っておけない性質でして」

「ありがとうございます」

「それにしても、やはりお見合い話が多いようですね」

「ですよね……なぜこんなことに」

「確か、先日の授与式のパーティーで、カリスト様と婚約していない、恋人ではないとお話しになられたようで」

キールさんにもそのことは伝わっているらしい。

「はい……ですが、それだけでこんなにお見合い話が来ますか？　私はもう貴族でもないですし」

「ですが、アマンダ様は名誉錬金術師です。……あっ、遅くなりましたが名誉錬金術師の称号授与、おめでとうございます」

「あっ、ありがとうございます」

キールさんは律儀に立って頭を下げてくれたので、私も同じく頭を下げる。

そして座り直し、また視線を合わせてから話し始める。

「名誉錬金術師は現在、アマンダ様だけです。それだけでも素晴らしい功績ですし、失礼ですがアマンダ様はまだお若く容姿端麗でいらっしゃる。お見合い話が来るのは当然かと」

「そういうものなんですね……普通の貴族の令嬢にも、このくらいお話が来るのでしょうか？」

「この数のお見合い話は、おそらく伯爵家や侯爵家の令嬢くらいにしか来ないでしょう」

「えっ、そうなんですか？」

「はい、ここからは少し腹黒い話になりますが……」

キールさんは躊躇うようにそう言ってから、また淀みなく喋る。

「普通の男爵家、子爵家の令嬢だったらここまでは絶対来ません。アマンダ様にここまで来ているのは、名誉錬金術師だからです」

「名誉錬金術師というのは、そこまですごいものなんですか？」

「称号がすごいというよりも、功績と今後の活躍を考えて、という感じですね。アマンダ様はファルロ商会に勤めていらっしゃいますが、今の収入だけでも結構なものです」

確かに……私が開発した保湿オイルや香水から得ている収入は結構多い。

自分でも言うのもなんだが、一般的な仕事の平均収入の何倍も稼いでいるはず。

だからこそお父様、元ナルバレテ男爵は私を欲しがったのだろう。

「商会などを持っている貴族は、アマンダ様と婚約して結婚したら、ファルロ商会から引き抜いて……と考えているでしょう」

「な、なるほど」

そういう打算的なものもあるのね……。

いや、むしろ貴族同士の結婚なんて、政略結婚がほとんどでしょうね。

「もちろん、単純にアマンダ様の容姿や能力に惚(ほ)れ込んで声をかけている方もいらっしゃると思いますが、見分けは難しいですね」

「ですね。うーん、お見合いってどれか行くべきものはありますか？」

「基本的にはないです。丁寧に断りの手紙を書けば、今後その家から誘いが来ることはなくなると思います」

「じゃあとりあえず全部断ります」

「どれか行きたいところとかないんですか？　伯爵家からのお見合い話なんて、なかなか機会はないと思いますが」

「家柄とか興味ないですし、逆に怖い感じがします」

「確かに、お見合いの話が来ている伯爵家の家名を見るに、ほとんどが商会をやっているので政略結婚狙いでしょう」

やっぱり引き抜きを狙っているのね。

私の錬金術師の腕を買ってくれているのは嬉しいけど、引き抜かれる気は一切ない。

ファルロ商会ほど良い職場はないだろうし、オスカルさんやニルスさんがいるから私一人では作れない、思い浮かばなかった魔道具なども一緒に作れる。

それに……カリスト様もいるから、離れるわけにはいかない。

「全部断るのも大変でしょうから、私が対応しましょうか？」

「いえ、ありがたいですが、さすがにそこまでやってもらうわけにはいきません。自分で手紙を書いて断っておきます」

「わかりました。お茶会などはいつも通りこちらから断っておきます」

「はい、ありがとうございます」

本当はお茶会の誘いも私から断ったほうがいいんだろうけど、ちょっと数が多すぎる……。

今は新しい魔道具も作っていて大変だから。

あっ、そうだ。

「キールさん、ひとつ相談というか、カリスト様に伝えてほしいことがありまして」

「はい、なんでしょう？」

「あの――」

カリストは屋敷の執務室で仕事をしていた。

多くの書類作業があって、いつもよりも仕事は捗（はかど）っていなかった。

疲れもあるだろうが、それ以上にアマンダの家に行けなかったことで落ち込んでいて、そのせいでやる気が出ないというのが大きい。

「はぁ、疲れた……」

座って書類作業をすることが多いので、やはり肩や首が凝ってしまう。

今まではそのまま我慢してやっていたが、机の引き出しから魔道具、マッサージ器を取り出す。

アマンダがカリストのために作ってくれたマッサージ器。

すでに商品化は済んでおり、働いている貴族の人々には重宝されている。

「あぁぁぁぁ……やっぱりこれはいいなぁ……」

肩と首を中心にマッサージ器を押し当てて振動させていく。

それだけで筋肉がほぐれていくので、とてもいい魔道具だ。

肩と首をほぐしてから書類作業を頑張らないといけないのだが……この魔道具を作ったアマンダのことを思い出してしまう。

(今日はどんな夕食だったんだろうか……前回は肉だったから、今日は魚だったかもしれないな。アマンダの料理はどこの高級店よりも安心する味で……)

そんなことを考えていたら、執務室のドアにノック音が響く。

カリストは一瞬ビクッとするが、すぐに取り繕って「入れ」と声をかける。

入ってきたのは執事のキールで、一礼してから近づいてくる。

「カリスト様、アマンダ様にお伝えしてきました」

「そうか、ご苦労だった」

キールにはアマンダの家まで行って、カリストが今日は行けなくなったことを伝えてきてくれ、と頼んでいた。

「しかし少し遅かったな」

「すみません、アマンダ様に紅茶をご馳走(ちそう)していただきまして」

「……俺が仕事中に、お前はアマンダとお茶を飲んでいたと？」

「アマンダ様のご厚意を無下にするわけにはいきませんでしたので」

「……そうか」

そう言われるとカリストは返す言葉がなかった。

しかしカリストが仕事でアマンダと一緒に過ごせないのに、キールが過ごしたと聞くとモヤモヤしてしまうのは仕方ないだろう。

「それにお見合い話が多くて困っていたので、手紙の仕分けなどを手伝いました」

「っ、お見合い話か。やはり来ていたか」

「はい、伯爵家などの爵位が高いところからも来ていました。主にアマンダ様の引き抜きが目的だとは思いますが」

「だろうな。家名は覚えているか？」

「もちろん、全て記憶しています」

キールをアマンダのところに行かせたのは、お見合い話が来ているかを確かめるという目的もあった。

やはり来ていたようで、キールには家名を確認するようにも指示していた。

「商会をやっている家には、こちらから手紙を書く。うちの錬金術師にちょっかいを出すな、と」

「かしこまりました」

名誉錬金術師になって、婚約者がいないという話が出てすぐにお見合い話を持ちかけてくる貴族なんて、どう考えても引き抜き目的でしかない。

ファルロ商会の会長として、黙って見過ごすわけにはいかない。

牽制（けんせい）をしておかないといけない。

アマンダを引き抜くのであればファルロ商会を敵に回すと思え、と。

そこまでしてアマンダを引き抜こうと考える貴族や商会はいないだろう。

商会がないような貴族の家にも牽制の手紙を出したいが……そこまでいくと、商会の会長がするようなことではなくなる。

(そこまで牽制をしたいと思うが、さすがに無理だな。婚約者や恋人でもないのに)

そう考えると、やはり少し焦燥感を覚えてしまう。

ほとんどが政略結婚のためのお見合いだとわかっているが、それを止める術（すべ）も権利もない。

今のカリストはアマンダにとって、ただの職場の上司というだけ。

ファルロ商会に関わってくるような政略結婚は牽制できるが、それ以外は無理だ。

(もっとアマンダと仲を深めないとな……そのためにも会う回数を増やしたいのだが、最近は忙しくてあまり時間が取れない)

ファルロ商会の会長としての仕事も、アマンダが作った商品などのお陰で順調だが忙しくなってきている。

仕事が順調なのは嬉しいが、アマンダと会える時間が少なくなっているのは残念なことだ。

「はぁ、明日はアマンダの家に行けるかどうか……いや、いつも行ってばかりだから、また外食にでも誘うか」

アマンダの家に行って夕食をいただいてばかりだから、今度は一緒に美味しいものを食べに行くのも悪くない。

食事に行くという口実でデートもできるから、そちらの方がいいと思ったのだが……。

「あっ、カリスト様。アマンダ様から伝言が」

「ん、なんだ？」

「一週間ほど家には来ないでほしい、とのことでした」

「なっ……！」

キールからの伝言に、カリストは目を見開いた。

「な、なんで……!?」

「何やら集中して作りたい魔道具があるということで」

「そうなのか……家で一人で作っているということか？　仕事もあるだろうから、無理をしないでほしいが」

「ええ、だから来てほしくないと。カリスト様が行くと、夕食や紅茶の時間などが長くなってしまうから」

「……確かにそうか」

会話をしながら食べているから、一人で黙々と食べるときよりも時間はかかるだろう。

食後の紅茶の時間もアマンダ一人だったら特にしていないようだから、カリストが行かないことで家で研究できる時間が長くなる。

だから納得はできるが……。

「とにかく、カリスト様は魔道具開発、研究の邪魔なんで来るな、ということです」

「くっ……ア、アマンダがそう言ったのか？」

「いえ、私なりに解釈してカリスト様が傷つきやすいように言っただけです」

「お前、もうちょっと主人に優しくできないか？」

「すみません、想像以上に傷ついているみたいですね」

机に肘をついて手を組んで、そこに頭をのせて落ち込んでいるカリスト。

アマンダにいろんな貴族からお見合い話が来ているということで不安になっているのに、さらにしばらく彼女に会えないというのはダメージが大きかった。

「まあ、別にアマンダ様がカリスト様を嫌いになったわけじゃないんですから」

「それはそうだが……」

「……むしろ逆だと思いますし」

「はぁ……ん？　なんか言ったか？」

「いえ、なんでもありません。私の主人が今後、仕事に力が入らないようで不安なだけです」

「……社交界は全部断ってもいいか？」

「ダメです」

その後、書類作業を終わらせるために二人で夜遅くまで仕事をしていた。


数日後、カリストは社交の会に出ていた。

ダンスなどをするような会ではないので、パートナーを連れてくる必要はない。

だからこそ、カリストはアマンダを誘う口実がなかったというのが辛いところだったが。

（いや、口実があったとしても今はアマンダが忙しいから来られなかったかもしれないな）

そんなことを思いながら、会でいろんな人がいることにため息をついてしまう。

表情も誰かに話しかけられたら笑みを作るが、一人の時は油断して落ち込んでいるような表情になってしまう。

「あの、カリスト様……？」

「ん……どうしました、ご令嬢？　私に何かご用ですか？」

「い、いえ、なんでもありませんわ。ごきげんよう」

令嬢が顔を赤らめて去っていくが、カリストは理由がわからずに首を傾げる。

今日はパートナーがいないから、いろんな令嬢に話しかけられるだろうとは思っていた。

実際、話しかけられてはいるが、今みたいにすぐに離れていくことが多い。

どうしてかわからないが、都合がいいとは思っていた。

今はいろんな令嬢と話す気力はあまりなかったからだ。

「ごきげんよう、カリスト様」

「ん、ごきげんよう、デレシア嬢」

デレシアもこの会に参加していたようで、彼女の方から声をかけてきた。

彼女は変わらない笑みを浮かべていて、カリストとは対照的だ。

「カリスト様、儚げな表情をしていますが、どうかしました？　誘惑しているんですの？」

「誘惑、ですか？　全く身に覚えがありませんが」

「ですわよね。カリスト様に話しかけた令嬢があなた様の表情に耐えられず逃げているようですし」

「……そんなに変な表情をしていますか？」

「変な表情ではないですが、いつもと様子が違うのはわかりますわ」

カリストも自分がいつも以上に表情をコントロールできていないのはわかっていた。

しかしそれが令嬢が照れてしまうほどの儚げで艶やかな表情だというのは、全く気づいてもいなかったが。

「理由は……ふふっ、私はわかっていますが」

「そうですか。まあ、デレシア嬢ならそうですよね」

カリストのアマンダへの気持ちは、デレシアには気づかれている。

彼女ほど勘が良くて周りを見ている令嬢が、カリストの気持ちに気づいていないわけがない。

「デレシア嬢もアマンダとは最近会えていませんか？」

「いえ、昨日会いましたわ」

「……えっ」

彼女もアマンダと会えていないと思って聞いたのだが、まさかの返答に固まってしまった。

そのカリストの様子を見てクスクスと笑うデレシア。

「どうかしました？」

「い、いや……アマンダと、昨日会ったんですか？」

「はい、会いましたわ。夕方くらいからお会いして、街を散策して、買い物もしましたわ」

「そ、そうなんですか……」

「ええ、アマンダ様の方からお誘いをいただいたもので」

しかもアマンダの方から誘っているということで、カリストはさらに落ち込んでしまう。

その様子を見て、デレシアがまた楽しそうに笑った。

「ふふっ、あまり落ち込まないでください、カリスト様。私とアマンダ様は女性同士だからこそ話せる内容、行ける場所もあるんですの」

「そう、ですね……ええ、わかっています」

「ええ、カリスト様もすぐにアマンダ様と会えると思いますわ」

デレシアはそう言ってニコッと笑った。


そして、会が終わって数日後。

カリストは仕事を終え、馬車で屋敷まで帰っていた。

ファルロ商会の職場から帰っているのだが、商会でもアマンダには会えていなかった。

昼休憩の時にカリストが食堂に行っても、アマンダの姿は見えない。

どうやら自分の研究室でお弁当を食べているようだった。

(そういえば、アマンダの弁当も最近は食べていないな)

馬車の窓から見える街の景色を横目に、そんなことを考えていた。

屋敷に戻ると、キールが出迎える。

「おかえりなさいませ、カリスト様」

「ああ」

「仕事の手紙と、私用の誘いの手紙がいくつか届いております」

「そうか、仕事の手紙は執務室に、それ以外の手紙はいつも通りにお前の方で仕分けてくれ」

お茶会などの誘いが多いので、ほとんどは見ずに断っている。

アマンダが婚約者ではないと知れてから、また誘いが多くなっていた。

執務室に入り椅子に座って一息つくと、キールが手紙の仕分けを終わらせて手紙を渡してくる。

「仕分けが終わりました。まずこちらがファルロ商会宛ての商談の手紙などです」

「ああ」

「こちらが私用の社交界の誘い、特に大事そうな会の招待状を持ってきました」

「ああ」

「それで、こちらがアマンダ様からの手紙です」

「ああ……えっ？」

いつもの流れでキールの言葉を聞いていたのだが、最後の手紙の差出人の名前を聞いて固まった。

ハッとしてから、すぐにその手紙を受け取る。

「アマンダから……！」

カリストは今までの疲れが吹っ飛んだような明るい顔になって、その手紙を開ける。

内容は要約すると……。

『今まで忙しくて会えずにすみませんでした。カリスト様にはとてもお世話になっていますので、せめてものお礼に街に出かけて食事をご馳走させていただければと思っているのですが、お暇な日はありますか？』

ということだった。

つまり、デートの誘いだ。

「……キール、次の休みはいつだ？」

「私のですか？」

「俺のに決まっているだろ！」

「失礼しました。カリスト様の一日休みは、二週間後ですね」

「そんなに先なのか!?」

「はい。ですが午後休みくらいなら無理して仕事を詰めれば、三日後くらいには」

「では三日後に午後休みを取る！　仕事は詰めていけ！」

「かしこまりました」

「よし、じゃあ仕事を持ってこい！」

「その前にカリスト様、アマンダ様にお返事を書いたほうがよろしいかと」

「あっ、そうだな……じゃあ便箋と仕事を持ってきてくれ」

「かしこまりました」

キールはニヤつくのを我慢しながら、一礼してから部屋を出ていった。

「ふぅ……まさかカリスト様があんな少年のような反応をするとは。アマンダ様は恐ろしいな」

部屋の外でキールがそんなことを呟いていることも知らず、カリストはアマンダから来た手紙をもう一度読み返す。

今まで一度も手紙でのやり取りはしていなかったので、初めて彼女から来た手紙だ。

(アマンダらしい丁寧で綺麗な字だな)

カリストはふっと笑ってから、その手紙を机にしまった。

カリスト様と一緒に街に出かける当日。

私は少し緊張しながら、自分の家で待っていた。

前にもカリスト様と一緒に街に出かけたことはあるが、あれは魔道具を見に行くという目的があった。

結果的にデートのようになったけど、行く前は緊張していなかった。

しかし今回は、私から……デートに誘ったという形だ。

初めて男性をデートに誘ったので、やはり緊張してしまう。

それに相手はカリスト様だ。

カリスト様は忙しいだろうから、デート日も結構先になると思っていたんだけど。

まさか手紙を送った日の三日後になるとは思わなかった。

だから心の準備の時間が少し足りなかったけど、仕方ない。

ドキドキしながら家で待っていると、馬車が家の前で停まるのが窓から見えた。

私は深呼吸をしてから家を出ると、ちょうどカリスト様が馬車から降りてきたところだった。

「カリスト様」

「アマンダ、待たせた……」

カリスト様が笑みを浮かべて私のことを見てきたんだけど、その笑みが少し固まった。

おそらく私の服装を見て驚いたのだろう。

今日はデートということもあって、普段着とは違うワンピースを着ている。

薄い紫色のワンピースで、お腹あたりにベルトが付いていてスタイルが良く見えるようになっている。

髪もいつもと違い、ポニーテールにしていた。

似合っているか不安なんだけど、カリスト様はまだ何も言わない。

「その、カリスト様？」

「っ……すまない、少し驚いてしまった。だいぶ普段の装いと違うから」

「はい、今日のために買った服なんですが……」

「そ、そうなのか。うん、とても似合っている。綺麗だ」

「あ、ありがとうございます」

カリスト様に褒められて、恥ずかしいけど少しホッとした。

デレシア様に頼んで、一緒に選んだ甲斐（かい）があった。

「前にデレシア様に付き合っていただいて、服を買いに行ったんです」

「なるほど、彼女が会ったというのはそういうことか……」

「えっ？」

「いや、なんでもない。その色の服は珍しいと思ってな」

「はい、デレシア様のブランドの服で、とても素敵な色で気に入って買わせてもらいました」

デレシア様は私にプレゼントしようとしていたけど、さすがにそれは断った。

「そうか、本当によく似合っている」

「ありがとうございます」

そう言ってから、お互いに顔を見つめ合ってしまう。

久しぶりに会ったから、なんだか少し気恥ずかしい。

「……あの、そろそろ行かなくていいのですか？」

馬車の御者席に座っているキールさんから、呆(あき)れたようなそんな声が聞こえた。

「そ、そうですね。行きましょう、カリスト様」

「ああ、そうだな」

カリスト様に手を差し出されて、私はその手を取って馬車に乗り込む。

「キールさん、よろしくお願いします」

「はい、かしこまりました」

すでにキールさんには私の方から行き先を伝えているので、私たちが乗り込むと馬車はすぐに出発した。

私とカリスト様は馬車で向かい合って座って話す。

「私にはどこに行くか言ってくれないのか？」

「まだ内緒です」

「ふっ、そうか。楽しみだな」

カリスト様はそう言って楽しそうに笑った。


しばらく馬車に揺られて着いたのは料理店。

「アマンダ、大丈夫なのか？　ここはとても高級なところだと思うが……」

カリスト様ですらそう言うほど、ここは高級な料理店だ。

私一人だったら絶対に入らないし、誰かと来ようとも思わなかっただろう。

「もちろん大丈夫です。今日はお礼でご馳走したいと思っていましたから」

「これほどのお店だとは思っていなかったな。それにここは予約が難しいということで有名だぞ」

「えっ、そうなんですか？」

「ああ、一カ月待ちは当たり前だと聞いていたが……予約したのは三日前か？」

「はい。デレシア様に連絡したら、すぐに予約を取ってくれましたが……」

「……なるほど、彼女ならありえるな」

いや、まさか私もそんなに予約困難な高級店だとは思っていなかった。

デレシア様に「デートならこのお店がオススメですわ。予約するときは私に言ってくださいませ」と言われていたので、彼女に伝えただけだった。

本当にデレシア様には頭が上がらないわ……。

料理店の中に入ると、すぐに店員の方が私たちを個室に案内してくれる。

個室もとても綺麗だし、店員も所作が美しくテキパキしている。

「やはり素晴らしいお店だな。俺も初めて来たから楽しみだ」

「それならよかったです」

私はまだ緊張しているけど、ここまできたら楽しまないと損だろう。

コース料理を頼んでいたので、一品一品運ばれてくる。

やはりどれも美味しいし、見た目にもこだわっていて幻想的な雰囲気を感じる。

こういうときに、しっかりテーブルマナーなどを学んでおいてよかったと思う。

お母様の『錬金術だけじゃなくて他のことも頑張るのよ』という言いつけを守っていてよかった。

王都の学院でマナーの授業もあったので、こういう場でも恥ずかしくない振る舞いができる。

もしかしてお母様は、こういう場面を想定していたのかしら？

そんなことを思いながら、カリスト様と一緒に食事をしていた。

すると次は魚料理が出てくるということで、店員が持ってきたのだが……。

それがまだ焼かれておらず生な感じで、完成していないように見えた。

「これは、生のまま食べるのか？」

カリスト様もそう思ったようで、持ってきた店員にそう問いかける。

「いいえ、これは今から炙って完成させる料理です」

「炙る？」

「はい、こちらのバーナーという魔道具で」

えっ、魔道具？

私はその言葉に反応して、店員が持っている魔道具を見る。

何か缶のようなものを持っていて、噴射口が付いていた。

「炎が出ますのでお気をつけください」

「炎？　ああ、わかった」

「では、失礼します」

瞬間、ゴオォォォという音と共に噴射口から炎が出た。

炎は方向性が絞られているのか、細くて小さいけど火力は結構強いように見える。

その炎で生だった魚を炙っていく。

「おお、これはすごいな。目の前で焼いてくれるのか」

「はい。味だけでなく目でも楽しめる、というのが本店の魅力ですから」

「なるほど、素晴らしいな」

カリスト様の料理が炙り終わって、次は私の料理を炙るために店員が近づいてくる。

「アマンダ様、失礼します」

「……」

「……あの、アマンダ様。離れないと危ないですが」

「あっ！　す、すみません」

私は見たことがない魔道具を目の前にして、顔を近づけて見入ってしまっていた。

慌てて顔を離すと、店員がまた炎を出して魚を炙っていく。

すごい、どんな構造なんだろう。

確実に火の魔石を使っているのはわかるけど、ここまで火力が出ているのに炎が細くて小さいということは、風の魔石も使っているのかしら？

それとも魔石は関係なく、中の構造で炎の火力を上げたり細くしたりしているのだろうか。

「こちらで完成です」

「……あっ、ありがとうございます」

もう終わってしまった……火力が強い分、終わるのも早いわね。

それはいいことなんだろうけど、私としてはもうちょっと炎が出ているところを見ていたかった。

「アマンダ様、こちらのバーナーをご覧になりますか？」

「えっ？　いいんですか？」

「はい、もちろんです。噴射口のあたりは熱くなっていますのでご注意ください」

「ありがとうございます！」

私は魔道具、バーナーを受け取って上から下から横からと見てみる。

外から見るとただの缶で、特別な装置などはないようだ。

うーん、分解したい……さすがにここではできないけど。

「よろしければ、そちらは持って帰られますか？」

「えっ、いいんですか!?」

「はい、レンホルム公爵令嬢から言われていましたので」

「デレシア様から……？」

「アマンダ様は生粋の錬金術師だから、魔道具を見せたら興味を持つかもしれないと」

「うっ……恥ずかしい限りです」

まさかデレシア様に見抜かれていたとは。

だけどこれほどの魔道具に興味を持たないなんてできなかった。

「ほ、本当に持って帰っていいんですか？」

「ええ、予備は何本もありますので。お帰りのときに袋に入れてお渡しします」

「あ、ありがとうございます」

店員は優しい笑みで一礼すると、個室から出ていった。

個室には炙られて美味しそうになった料理に、恥ずかしくて顔を赤らめている私。

そして、私を見て笑いをこらえているカリスト様。

「ふふふ……！」

「カ、カリスト様、笑いたかったらしっかり笑ってください。そんなに押し殺さなくても大丈夫です」

「ふふ、すまない……ただ、やはり面白くてな」

「うぅ……」

こんなところで錬金術師としての顔を出してしまうとは……。

笑われるのも仕方ない。

「とてもアマンダらしくていいと思うぞ」

「……それは褒めてますか？」

「もちろん、べた褒めさ」

カリスト様はそう言って笑いながら、炙られた魚料理を食べ始めた。

私たちは料理店での食事を終えて、お店を出る。

しっかり出入り口で魔道具を一ついただいてしまった……恥ずかしいけどやはり嬉しい。

「アマンダ、本当にご馳走になってよかったのか？」

「もちろんです、今日はお礼なんですから」

高級店ということもあって結構高かったけど、私もファルロ商会に来て稼がせてもらっている。

それもカリスト様のお陰だから、少しでも恩を返せてよかった。

お店の前にはすでに馬車が停まっていて、私たちはそれに乗り込む。

キールさんは帰っているので、別の御者の方だ。すでに行くところは伝えてある。

「次はどこに行くんだ？」

「私の家です」

「おっ、そうなのか？」

「はい……その、最近は私の家で食事もできていなければ、紅茶も出せていなかったので。せめて紅茶だけでもと思いまして」

「それは嬉しいな。アマンダが淹れてくれる紅茶は好きだから」

「ありがとうございます」

本当は少し違う理由があるけど……まだ言わないでおこう。

そう思いつつ、私たちは馬車に揺られながら家に着いた。

久しぶりにアマンダと一緒にいる時間を、カリストはとても楽しく過ごせていた。

今日の午後休みを取るために多くの仕事を早めに終わらせたので、結構疲れていた。

しかしアマンダと会ったとき、彼女の服装を見て疲れなんて吹っ飛んでしまった。

アマンダの見慣れない可愛らしい装いと、高級料理店ということで、カリストも少し緊張していたのだが……。

彼女が高級料理店で魔道具を見たときの反応を見たら、その緊張もどこかへ行ってしまった。

とてもアマンダらしく愛らしい反応で、いつも通りの空気感が出ていた。

高級料理店での食事も楽しんだ後、二人でアマンダの家に着いた。

カリストがアマンダの家に来るのも久しぶりだ。

入って軽く見回すとやはり何も変わっていなくて安心するが、テーブルの上に手紙がのっているのが見えた。

「あっ、すみません。手紙を片付け忘れていました」

「あ、ああ、大丈夫だ」

アマンダが慌てたように手紙を片付けたが、少し見えただけでも貴族の家紋が描いてある手紙が多かった。

お茶会や社交界の誘いだけじゃなく、まだお見合いの話が来ているのだろう。

カリストが直接見たのは初めてだったので、やはり少しモヤモヤしてしまった。

それをあまり態度に出さないようにしながら、ソファに座ってアマンダが紅茶を淹れてくれるのを待つ。

「お待たせしました、カリスト様」

「ああ、ありがとう」

紅茶を受け取り、一飲みする。

カリストは仕事中などにキールが淹れてくれた紅茶を飲むことも多い。

だがやはりアマンダが淹れた紅茶が一番美味しいと思ってしまう。

それは本当に味が美味しいのか、淹れてくれた人で判断しているのかわからないが。

「ん、美味しいな」

「ふふっ、ありがとうございます」

アマンダが横に座って、綺麗な笑みを浮かべる。

ここ数週間、この時間はなかったのでとても穏やかな気持ちになれる。

彼女と一緒にいられる時間が癒しになり、もっと一緒にいたいと思う。

カリストは自分がここまで人を好きになって、執着心が出てくるとは思っていなかった。

(数カ月前、アマンダが家を追い出されてすれ違ったときに……勘を信じて、追いかけてよかった)

あの時に追いかけていなかったら、アマンダと出会えていなかった。

ヌール商会で劣悪な環境での仕事を強いられていた、彼女の優秀さを見抜いて引き抜いた。

最初はただ優秀な錬金術師を引き抜いたと思っていたが、彼女は錬金術師としてだけじゃなく、いろんな能力が高かった。

社交界での立ち回りもそうだし、ダンスも上手かった。

アマンダなら自分を好きになったり、勘違いをすることもないとわかったから、パートナーに選んだというのに……。

（まさか、俺が彼女のことを好きになるとはな……）

彼女が錬金術をする理由を精霊に喋っているときの表情や言葉に惚れ込んでしまった。

『私は人に喜んでもらえる、笑顔にする魔道具を錬金術で作りたいんです』

『私の無限の魔力は、錬金術に使います。私が錬金術が好きで、人を笑顔にするのが好きだからです』

あの瞬間を、カリストは生涯忘れないだろう。

その後もこうして一緒に時間を過ごしているが、想いは強まるばかりだ。

（恋愛は全くしたことがないから、どうやってアプローチするのかなどはわからないが……さすがにいきなり想いを伝えるのはダメなはずだ）

どこで聞いたか忘れたが、告白に関しての情報として覚えていることがある。

それは、告白して承諾されるか拒否されるかは、告白の前の好感度上げにかかっていると。

告白というのは、最後の確認作業。

お互いに好き合っている二人が、想いを通じ合うためにする作業ということだ。

だから告白が大事なのではなく、それまでにどれだけアプローチをして好感度を上げるかが大事だと聞く。

(彼女からの好意は……友人としては感じているが、それ以上はほとんど感じたことがない。一対一なのに家に上げてもらっているから好感度は高いと思っているが、それは男として見られていないからというのもあるかもしれない)

アマンダが自分のことをどう思っているかわからない。

だから告白はまだ早いだろう。

「あの、カリスト様?」

「っ、なんだ?」

「何か考え事をしていたようですが、大丈夫ですか?」

「ああ、大丈夫だ」

アマンダが目の前にいるのに、少し考えすぎてしまっていたようだ。

今日は久しぶりに会ったから、いろいろと想いが先走りそうになっていた。

(時間はまだあるから、ゆっくり仲を深めていかないといけないな。これから少しずつ好意を伝えて、徐々に……）

そんなことを思いながら、カリストは笑みを浮かべて喋る。

「今日の料理店は美味しかったな。それに面白い魔道具もあって、錬金術師のアマンダも収穫があってよかった」

「うっ……お礼としてお連れしたお店で、あんな恥ずかしい態度を見せるつもりはなかったんですが」

「さっきも言ったが、アマンダらしい姿だったよ」

「それは嬉しいですが……」

「そういえば最近、家で一人で魔道具を作っていたようだが、何を作っていたんだ？」

「っ……」

カリストの何気ない質問に、アマンダが少し緊張したような雰囲気を出した。

それを感じ取ったカリストは首を傾げる。

「ん？　どうしたんだ？」

「いえ……その、作っていたのは、精霊樹を使った魔道具だったんです」

「おっ、そうなのか。ついに作りたいものが決まったのか」

「はい。それで、カリスト様にぜひ見ていただきたいと思いまして」

「もちろん見るさ」

「ありがとうございます」

なぜか緊張している様子のアマンダを、カリストは少し不思議に思う。

今までは魔道具を見せるときは嬉々としていたはずだが、なぜか今回は違うようだ。

やはり精霊樹の枝を材料にしているから、出来が少し不安なのだろうか。

カリストがそう思っていると、アマンダが一つの箱を持ってきた。

手のひらに収まるくらいの小さな箱だ。

「随分と小さな箱だな。この箱が魔道具なのか？」

「いえ、違います。箱の中にあります……開けますね」

なぜか緊張した面持ちのアマンダが開けると、そこには指輪があった。

とてもシンプルな洗練された銀色の指輪。

「これが、魔道具？」

「はい……正確に言えば、魔防具です」

「魔防具？」

魔武器と同じく、魔術が込められた防具である魔防具。

魔防具は鎧や盾などが多いのだが、これは指輪だ。

「どういったものなんだ？」

「この指輪をつけて魔力を込めると、使用者の身を守る透明な魔力障壁が一瞬にして出てきます」

「魔力障壁？　まさか、魔力を込めるだけでそんな簡単に出るというのか？」

熟練の魔術師でも出すのに時間がかかり、維持も難しい。

魔力の消費も激しいので、何回も出すのは無理である。

だが魔力障壁は強度がとても高く、ドラゴンの炎ブレスですら簡単に防ぐと言われている。

「はい、魔力が続く限り何回でも出せますし、維持もできます。精霊樹の枝を使っていますので、魔力消費もかなり抑えられています」

「なるほど……例えばどれくらいだ？」

「私の魔武器を三回使えたカリスト様なら、三十回ほどは連続で魔力障壁を出せると思います」

「そんなにか!?」

熟練の魔法使いですら数回出せれば凄まじいのに、そんなに何回も出せるとは。

「使用制限などはないのか？」

「指輪が壊れない限り、半永久的に魔力障壁を出せると思います。例えば私だったら魔力を込め続ける限り、ずっと魔力障壁を出し続けられるかもしれません」

「それはすごすぎるな……」

カリストは精霊樹の素材がこれほど凄まじいものだとは思っていなかった。

「それで、これはアマンダ専用の魔道具……いや、魔防具なのか？」

「つ、いえ……」

カリストの質問に、アマンダが一度視線を逸らしてから言う。

「これは、カリスト様へのプレゼントです」

「えっ？」

「前に言ったじゃないですか、カリスト様に精霊樹の枝で作ったものを渡したいって。ようやく、できました」

アマンダが「気に入っていただけるか心配で……」と照れ笑いをした。

カリストは少し呆然としながら受け取ったが、ハッとして首を振る。

「い、いやいや、こんな凄まじい魔防具を……本当にもらっていいのか？」

「はい、もちろんです。いつもお世話になっていますし、約束でしたから」

「だが、こんなにすごいものだとは……」

まだもらうのに少し躊躇いがある。

そんなカリストを見てなのか、アマンダが話し始める。

「カリスト様は……いつも、私を助けてくれます。ヌール商会から引き抜いてくれたときもそうですし、前のパーティーで私がお父様に刺されそうになったとき、身を挺して守ってくれました」

「あれは咄嗟のことだったからな」

「はい、だからこそ嬉しいと思いましたが……同時に怖かったです。あの時、刺さるところが悪くて大事になっていたらと思うと……」

「俺は剣の訓練などもしているし、大事にならないところに刺さるように身体を傾けたから、万が一も起こらなかったはずだ」

「それはわかっていますが……今後、カリスト様が危ない人に狙われないという保証はありませんよね」

「……」

否定はできなかった。

そもそもカリストが剣の訓練などを受けた理由が、暗殺や襲撃などに対する自衛のためだった。

貴族社会は華やかなだけじゃなく、暗い部分もある。

侯爵家当主で大商会の会長であるカリストは、暗い部分もいろいろと知っている。

実際に、路地裏などを歩いていて襲撃に遭ったこともある。

「だから、この魔防具で……『精霊樹のお守り』として、カリスト様の身を守ることができればと思って、作りました」

「精霊樹のお守り……」

「ぜひ、つけてくれますか？」

「……ああ」

カリストはアマンダから指輪が入った箱を受け取った。

「右手は剣を持ったりペンを持ったりすると思うので、サイズは左手の小指に合わせています」

「ああ……ん？　なんで俺の指のサイズを知っているんだ？」

「あっ、それはキールさんに聞きました」

「なるほどな……あいつめ、何も言わなかったな」

「それは私が頼みましたから。内緒にしてほしいって。やっぱりプレゼントは内緒にしていたほうが嬉しいと思いますので」

「そうだったのか……確かに、とても驚いたぞ」

二人でそう言って笑いながら、カリストは指輪を箱から取り出す。

そして自分でつけようとしたが……アマンダに差し出す。

「アマンダからつけてくれないか？」

「私がですか？」

「今後、外すことはほとんどないだろうからな。だからこそ、作ってくれたアマンダにつけてもらいたい」

「わかりました」

アマンダは指輪を受け取り、カリストの左手を取る。

そしてゆっくりと丁寧に、左手の小指に指輪をはめた。

「ピッタリですね」

「ああ、そうだな……アマンダ？」

カリストはすぐにアマンダが手を離すと思ったのだが、自分の手を取ったままで……もう一方の手でも触れてきて、両手でカリストの左手を包み込む。

「これで……カリスト様をお守りできますように。精霊の加護が、ありますように」

アマンダは祈るように、カリストの左手を包みながらそう言った。

「……な、なんて。少し恥ずかしいですね」

「っ――！」

照れ笑いしたアマンダの表情に、カリストの胸が大きく高鳴る。

会えなかった期間、自分のための魔防具を作ってくれていたアマンダ。

それだけで嬉しいのに、自分が惚れたときと同じような笑みを浮かべられて――。

「アマンダ」

「は、はい？」

「好きだ」

「……えっ？」

過程をすっ飛ばして、最終確認のはずの告白をしてしまった。

「好きだ」

「……えっ？」

カリスト様に魔防具をつけた瞬間、手を握り返されて驚きの言葉を言われた。

い、今、好きって？

私が目を丸くしていると、カリスト様がふっと笑う。

「いきなりですまないな。驚かせてしまった」

「い、いや、その……」

驚きすぎて、いまだに状況がよくわかっていない。

えっと、カリスト様へのお礼のために高級料理店に行った帰りに、私の家に寄ってもらって。

準備していた精霊樹の枝を使った魔防具を渡したら……なぜか好きだと、言われてしまった。

頭の中で最初から状況を確認したけど、やはりまだ混乱している。

「アマンダ、大丈夫か？」

「は、はい！　とりあえず、大丈夫だと思いますが……！」

「そうか。じゃあ少し、話を聞いてくれ」

カリスト様は真剣な表情で話し始める。

まだ私の手を握ったままだ。

「まず……俺は、アマンダが好きだ。本当に、心の底から」

「っ……」

もう一度確認のように言われて、私は顔が熱くなるのを感じる。

聞き間違いなどではないとわかっていたけど、改めて言われると本当にドキドキしてしまう。

「本当は、いきなり告白するつもりはなかったんだがな。もっといい雰囲気で、今日行ったような高級料理店のような場所で言おうとしていたんだが、我慢できなかった」

「が、我慢ですか？」

「ああ。俺のためを想って作ってくれた素敵なプレゼントをされて、あんな愛らしい祈りの言葉を言われて……想いが抑えられなかった」

「うぅ……！」

とても恥ずかしいことを言われて、私はさらに顔に熱が集まってしまう。

もう顔が真っ赤だろうし、その顔をカリスト様に見られるのも恥ずかしい。

だけどカリスト様は私の顔から視線を外さずに、真剣な表情で話し続ける。

「まさか俺もここで告白をしてしまうとは思っていなかったが……驚かせてしまってすまないな」

「い、いえ、それはもう、大丈夫ですが……！」

カリスト様が私を好きだなんて考えたこともなかった。

だって最初は令嬢避けのために社交界でのパートナーになっただけで……その前にファルロ商会に引き抜いてもらっただけの、ただの一従業員だった。

それに私とカリスト様は立場が全く違うから、好かれるなんて思わなかった。

ここまで言って、嘘……なことは絶対にないだろう。

カリスト様はそんなつまらない嘘を言う人じゃないし、とても真剣で真面目な表情をしている。

だからこそ……恥ずかしいんだけど……！

「そ、その……」

「……すまない、困らせたかったわけじゃないんだ」

私が動揺して何も言えないのを見て、カリスト様が優しい笑みを浮かべた。

優しい笑みなんだけど、少し悲しげで……私が返事をしないから、勘違いをさせてしまっているようだ。

彼が私の手を離して、少し距離を置こうとしたところを……私はカリスト様の手を掴んだ。

「その……困っているわけではありません。少し驚いて、混乱しているだけで」

「つ、そうだよな」

「ちょ、ちょっと落ち着かせてください」

私は一度目を瞑って深呼吸をする。

その間に少し考えをまとめる。

えっと、カリスト様が私を……女性として、好いてくれている。

カリスト様のような素敵な男性に告白されたのは、とても嬉しいことだ。

そして私も……カリスト様に、好意を感じている。

それは間違いないが——。

「その、カリスト様。まずは、告白していただいて、とても嬉しいです。ありがとうございます」

「ああ……なんか業務連絡みたいだな」

「き、緊張しているからです」

「ふふっ、そうか。気楽にしていいんだぞ」

カリスト様が楽しそうに笑ったので、私も釣られて口角が上がった。

今ので答える緊張がだいぶほぐれたのでありがたい。

「それで、私も……カリスト様のことは、好きです」

「っ……本当か？」

「も、もちろんです。嘘なんてつきません」

「そうか……それは、嬉しいな」

カリスト様の笑みを見ると、やはり胸が高鳴る。

彼と一緒にいると楽しいし、家で二人で話していると落ち着く。

友達のような居心地の良さもあるんだけど……距離が近くなったり、私だけに優しい笑みを浮かべられると、ドキドキもする。

あまり意識しないようにしてきたけど、これは好きということなんだろう。

意識してしまったら、カリスト様と今のような関係を続けられないと思っていたから。

それに……。

「だけど、私じゃカリスト様に釣り合わないと思います」

「……釣り合わない？」

カリスト様が眉をひそめるが、私はそこが重要だと思っていた。

私は没落貴族の娘で、カリスト様が会長をしている商会のただの従業員だ。

「はい。カリスト様は侯爵家当主でファルロ商会の会長……それこそ、レンホルム公爵家のデレシア様のような方じゃないと、釣り合いが――」

「待った、アマンダ」

私が話していると、カリスト様が遮ってきた。

眉をひそめて、少し怒っているような雰囲気で。

「まず大前提、釣り合うとか釣り合わないとか、どうでもいい。俺がアマンダを好きなんだから、他の奴に何か言われても気にするな」

「カリスト様……」

「……いや、俺は言われたらイラつくから言い返すが」

「ふふっ」

すぐに前言撤回をしたカリスト様に笑ってしまった。

だけど、私が言われるのは問題ない。

「言い返してくれるのは嬉しいですが、カリスト様にご迷惑をかけてしまいます」

「迷惑か……まず、ほとんど迷惑がかかることはないと思うぞ」

「ですが私は没落貴族の娘なので、そこを突いてくる人はいると思います」

「没落貴族の前に、アマンダは名誉錬金術師だ。この国ではその称号を持っているのはアマンダだけだし、すでにいろんな貴族からお見合い話も来ているだろう？」

「確かにそうですが……」

「君は謙虚なところは素敵だと思うが、少し自分の評価が低すぎるところがあるな」

カリスト様は苦笑して困ったように言う。

自分への評価が低いというのは、何回か言われたことがある。

だけど……私からすると、今の環境が本当に恵まれているのだ。

「私自身、特にやっていることは変わらないんです。それなのに名誉錬金術師になったり、貴族の方からお見合い話が来ているのは、カリスト様に出会ってファルロ商会に入ったからです」

「……確かにそうかもしれないな」

「はい。だから私がすごいわけではなくて、こんな環境に連れてきてくれたカリスト様に感謝しているんです」

私が笑みを浮かべて言うと、カリスト様も口角を上げる。

「そこまで言ってくれるのは嬉しいし、確かに環境が変わったというのは大きいだろう。だが、ヌール商会という劣悪な環境で腐らなかったのは、アマンダが強い意志を持っていたからだ」

「強い意志、ですか？」

「ああ。好きな錬金術を自由にやりたい、錬金術で作った魔道具で人々に喜んでもらいたい。アマンダがそういう想いを持っていたから、環境を変えられて、変えた後も活躍できたんだ」

カリスト様はとても真剣な表情で言ってくれる。

私自身、確かに身に覚えがあるようなこともあった。

ヌール商会では好きな錬金術があまりできなかったから、環境を変えたかった。

その時に偶然、カリスト様に出会えた。

あの出会いが、私の錬金術師としての運命を変えたのだろう。

「アマンダが錬金術に真摯（しんし）に向き合って成長してきたから……そういうアマンダの芯の強さが、俺が一番好きになったところだ」

「っ……」

「だから、君はもっと自分への評価を上げたほうがいい。そうしないと、誰かに奪われそうで囲い込みたくなる」

「は、はい……わかりました」

とても恥ずかしいことを言われて、私は顔を真っ赤にして下を向きながら頷いた。

「それで、アマンダは名誉錬金術師なんだから、俺と釣り合わないとかは考えなくていい。たとえその称号がなかったとしても、俺はアマンダが好きだ」

「うぅ……」

「だから俺の、恋人になってほしい」

カリスト様は私の手を握って、真剣な表情で真っ直ぐに目を見て告げてくる。

胸が高鳴ってうるさくて、だけどなんだかそれが心地よくて。

ドキドキしすぎるから手を離して目を逸らしたいけど、したくない。

もう私の答えは……決まっていた。

「……はい。その、よろしくお願いします」

私は自分の声とは思えないほど消え入るような声量で、返事をした。

さすがに聞こえなかったかと思ったけど、カリスト様が嬉しそうに笑みを深めた。

「っ……本当か？　本当に、恋人になってくれるのか？」

「こ、こんなことで嘘や冗談なんて言いませんよ」

「そうだよな……告白をしておいてなんだが、まさか了承されるとは思わなかった。アマンダが俺のことを好きだなんて、全く思っていなかった」

「そ、それを言うなら、私だって。まさかカリスト様が私のことを好きだなんて、夢にも思いませんでした」

「そうか？　俺は結構わかりやすかったらしいぞ。キールやニルス、デレシア嬢にはすぐにバレたしな。俺がアマンダのことを好きだってことが」

「えっ、そうなんですか!?」

まさか私の周りのほとんどの人たちが気づいていたなんて。

だけどオスカルさんは気づいてないのね……彼らしいけど。

「だから、本当に嬉しい。アマンダと恋仲になれるなんて」

カリスト様は私の手を口元に持っていき、手の甲に唇を落とした。

「っ……」

「ありがとう、アマンダ。これからも、よろしく頼む」

「は、はい……よろしくお願いします」

恥ずかしくてドキッとしたけど、私もカリスト様と視線を合わせて返事をした。

しばらくそのまま見つめ合って……お互いに少し照れるように笑った。

「ははっ、なんだか少し照れ臭いな」

「ふふっ、そうですね」

まだ私たちは恋人になったばかりだから、なんだか緊張してしまう。
これから慣れていければいいけど。

その後、紅茶を飲み終わるとカリスト様は帰った。
私も少し名残惜しかったけど、さすがに泊まってもらうわけにはいかないから。
カリスト様は帰るとき、最後に私の頭を軽く撫でた。
『おやすみ、アマンダ』
『っ……お、おやすみなさい、カリスト様』
少し驚いたけど優しい撫で方、そして甘い笑みと言葉に、胸が高鳴ってしまった。
こうして……私はカリスト様と、恋仲になった。
今は驚きとドキドキがいろいろとあって混乱が大きいけど……大丈夫かしら？

✦エピローグ✦

私とカリスト様が恋仲になって、二週間が経った。

私の生活は一変……するかと思いきや、ほとんど変わらなかった。

今も一人で暮らしていて、出勤時間になったらファルロ商会の職場に向かう。

その道中で魔道具屋の前を通ると、ガラス張りだから店内が覗けて、そこにファルロ商会の商品が並んでいた。

あそこにあるのは保湿オイルに、マッサージ器ね。

すでにマッサージ器も販売されているようだ。

あれは貴族向けの高額の商品で、平民が多くいる商店街のお店には向かないけど、置いてあるらしいわね。

ファルロ商会の商品というだけで売れることもあるし、平民でも一応手が届く価格にはしてある。

やっぱり自分の作った商品が店頭に並んでいると思うと、とても嬉しいわね。

「お母さん、あの人何やってるのー？」

「しっ、見ちゃダメよ」

……さすがに店前でずっとガラス越しに見ていたら不審者だから、そろそろ行きましょう。

職場に着いて、今日は魔道具をオスカルさんと改良していく。

前に国王陛下に「座りながら腰をマッサージするものを作ってほしい」と言われたので、それをオスカルさんと一緒に作ることになった。

振動だけじゃなく揉(も)みほぐすようなマッサージ器を作りたい、という考えもあって、最初は少し開発に難航していたけど。

『もう椅子ごと全部、マッサージ器にしちゃえばいいんじゃない？』

というオスカルさんの着想から、その通りに椅子に座れば全身がマッサージされるようなものを作ることにした。

そして、ついに……。

「できました！」

「うん、これはいいね！」

マッサージ椅子が出来上がった。

普通の椅子よりも結構大きくて重いけど、これに座れば腰から背中、肩までマッサージが可能だ。

しかも前回のマッサージ器は振動で筋肉を刺激する形だったけど、今回は振動だけじゃなくて揉みほぐすこともできる。

完全な上位版のマッサージ椅子の完成だ。

「じゃあこれをニルスに見せて量産してもらおう！」

「はい！」

私たちは意気揚々とニルスさんに見せに行った。

そして……。

「量産は無理に決まっているだろ」

普通に断られた。

なんだか既視感があるわね……。

「えー、なんで？」

「まず組み立てが複雑すぎるから、これを作れる錬金術師が限られる。うちが抱えている錬金術師でも数人くらいだろう」

「そうかなー？」

「それに魔石の数も多いな。コストがかかりすぎているだろう」

「あはは、だよねー。結構これでも削ったほうなんだけど」

稼働するのに魔力を結構使うので、やはり魔石を多くつぎ込みすぎた。

私が持っている精霊樹の枝を使えば……と思ったけど、魔石よりも入手が難しい素材を入れたら、さらに量産が難しくなるだろう。

「これも貴族用に販売するのはどうでしょう？」

「まあ販売するとしてもそうなるだろうな。国王陛下に献上するのだろう？」

「はい、そのつもりです」

「それなら限定で何十個か作ってもいいかもしれないな。陛下が使っているマッサージ椅子と宣伝すれば、購入する貴族は一定数いるだろう」

「なるほど、確かに」

「やっぱり特別感とか希少性って商品になりやすいよね」

オスカルさんの言う通り、商品を売る方法はいろいろあるのね。

私はそこらへんを学んだことはないから、勉強になるわ。

「営業部にも相談したほうがいいだろう」

「そうですね。何個作るかも相談したいです」

「作るときは僕もやりたいなぁ、結構楽しかったし」

ということで、国王陛下に献上するマッサージ椅子は複数個作って、限定品として売り出すことになった。

私もまた製造を手伝うつもりなので、今後も楽しみね。


そうして今日も仕事を終えて、帰路に就く。

いつも通りに商店街で買い物をして家へ戻ると……中から光が漏れている。

これは私が灯(あか)りを消し忘れて出かけたわけではない。

ただ中に人がいる、というだけだ。

私は家の鍵を鞄(かばん)から取り出す……ことなく、ドアを開けた。

家の中には、カリスト様がいた。

ソファに座って書類を読んでいたようだ。

「おかえり、アマンダ」

カリスト様が優しい笑みを浮かべてそう言ってくれた。

「カリスト様、ただいま帰りました」

「ああ、お疲れさま」

「荷物を置いたら夕飯作りますね」

「ありがとう。仕事で疲れただろうから、急がなくてもいいからな」

「はい、ありがとうございます」

私はお礼を言いながら奥の部屋に入って、荷物を置いて着替える。

カリスト様と付き合うことになってから、彼に家の合鍵を渡した。

だからカリスト様が私よりも早く仕事が終わると、先に私の家に来ている。

今日はソファで書類を読んでいたから、仕事を少し持って帰ってきたみたいだけど。

以前は家の前で待たせることもあったので、それがなくなってよかった。

着替えを終えて、リビングに戻って料理を始める。

カリスト様はやはりソファで仕事をしているんだけど……時々こちらをじっと見つめてくること
がある。

付き合う前はこういう視線を感じることはなかったんだけど、なんでだろう？

「あの、カリスト様？」

「ん、なんだ？」

「私の顔に何かついていますか？」

「いや、何もついていないぞ」

「じゃあなんで私のことを見ているんですか？」

「そりゃ、アマンダの料理している姿が好きだからな」

「えっ……？」

予想していなかった答えに、私は一瞬固まってしまう。

カリスト様は微笑（ほほえ）ましそうにソファに肘をついて、こちらを見ている。

「付き合う前も好きだったが、さすがにじっと見つめることはできなかったからな」

「うっ、その……」

そんなことを言われるとは思わず、私は恥ずかしくて身体ごと顔を逸（そ）らした。

しかしその時、料理でフライパンを扱っていたことを忘れてしまっていて……右手が熱したフライパンに当たってしまった。

「熱っ……！」

当然熱くて、慌てて手を引っ込める。

幸いにもフライパンが大きく揺れることはなかったので、中の具材は問題ない。

「大丈夫か!?」

私が手を引っ込めたのを見ていたカリスト様が近寄ってくる。

「はい、軽く赤くなっただけなので」

「痕になったら大変だ！　すぐに冷やさないと！」

「いや、痕になっても……」

「手を出して、冷たい水を当てないと」

カリスト様は私の手を掴んで、水道から水を出して冷やそうとしてくれる。

確かに熱かったけど、ここまでしなくても大丈夫だと思うんだけど……。

「大丈夫か？　痛くないか？」

私の怪我に慌てた様子のカリスト様を見て、少し嬉しくて笑みが零れてしまう。

「大袈裟ですよ、カリスト様。すぐに手を引っ込めましたから」

「だが痛かっただろう？　それに火傷でもしたら痕が残る」

「大丈夫ですよ。火傷になってもポーションを作れますから」

「あっ……そうか」

カリスト様はポーションのことを忘れていたみたいだ。

前にも私がダンスパーティーで靴擦れしたとき、カリスト様はポーションの存在を忘れていた。

私は錬金術師だからポーションという手段を忘れたりすることはない。

「こんなこと、前にもあったな」

「ふふっ、そうですね」

カリスト様は照れ臭そうに笑う。

それだけ私のことを心配してくれているのは、素直に嬉しいわね。

……そういえば、今はまだ手を繋いだままだ。

顔の距離も近くて、キッチンで身を寄せ合っている形だ。

「その、もう大丈夫なので、手を離してもらっても……」

「……そうかもな」

「……あの、手を離していないようですが？」

「まだ水で冷やしておいたほうがいいだろうから、手を繋いでいないとな」

「別に手を繋いでいる必要はないのでは？」

「嫌なのか？」

「……その聞き方は卑怯です」

「ふふっ、そうか」

右側にいるカリスト様が、私の腰にそっと手を回して少し引き寄せてくる。

付き合ってからは、こういう触れ合いが多くなった。

もちろん嫌じゃないんだけど、私はドキドキしているのにいつもカリスト様は余裕そうだ。

それが少し不公平な気がする……。

少しやり返そうと思って、水で冷やしていない左手をカリスト様が腰に回してきた手に添える。

そして指を絡めて、恋人繋ぎをする。

「つ……どうした、アマンダ」

「いえ、何もないですよ、カリスト様」

「……ふふっ、そうか」

カリスト様は少し驚いた顔をしていたので、少しは仕返しができたかしら？

私が顔を見上げると、じっと見つめ合うような形になる。

カリスト様の端整な顔立ちが近くにあって……その顔が少しこちらに近づいてきた。

私はビックリしたけど、目を瞑（つぶ）って――。

――ジリジリジリ、という来客用のベルの音と共に、私たちは身体を離した。

「つ……い、いらしたみたいですね」

「……ああ、そうだな」

カリスト様は少し残念そうにため息をついていた。

それを横目に、私は返事をしながらドアを開けた。

「アマンダ様、ごきげんよう。今日はよろしくお願いしますわ」

「デレシア様、お待ちしていました」

ドアの前にいたのは、デレシア様だ。

今日は突然の来訪ではなく、もともと夕食を一緒に食べるということで約束していた。

だから来ることはわかっていたんだけど、タイミングがちょっとビックリした。

「カリスト様、ごきげんよう」

「……ごきげんよう、デレシア嬢」

「あら、なんだか不満げなお顔ですわね。アマンダ様との二人の時間を邪魔されたと言わんばかりですわ」

「その通りですが」

「ふふっ、正直でいいですわね」

またお二人は仲が良いのか悪いのかわからない話をしている。

カリスト様もそんなに正直に言わなくていいのに……。

「まだ夕食は出来てなくて、すみません」

「いえ、問題ないですわ。怪我しないように気をつけて作ってくださいませ」

「はい、ありがとうございます」

お二人にはソファで待ってもらい、私は夕食を作る。

さすがにデレシア様の前で、カリスト様が私のことをじっと見つめることはなかった。

なので料理に集中して作り、お二人に夕食をふるまえた。

「んー、やっぱりアマンダ様の料理は美味しいですわね」

「ありがとうございます、デレシア様」

デレシア様も前に私の料理を食べたときに気に入ってくださって、こうして料理をふるまうことがある。

その度にお金を多すぎるくらいに払おうとしてくるんだけど、さすがにそれは断っている。

……冷静に考えると、侯爵家当主と公爵令嬢に私の手料理をふるまっているという状況は、なんだかすごいわね。

「これをいつも食べられるカリスト様は羨ましいですわ」

「ふっ、そうでしょう？　今後、一生アマンダの料理を食べられるのは俺だけです」

「まあ、お熱いこと」

「うぅ……」

デレシア様には私たちが恋人になったことは伝えてある。

社交界には公表していない、まだ恋人で婚約者などではないから。

ただまあ、いつか公表することになるとは思うけど……。

夕食を食べ終わり、食後の紅茶を淹れる。

今日はデレシア様もいるので、ラベンダーのハーブティーを出した。

「そういえばお二人は、ここで同棲(どうせい)していらっしゃるのですか？」

ハーブティーを飲んでいると、デレシア様が質問してきた。

私は少し驚きながらも答える。

「い、いいえ、同棲はしていませんよ」

「まあ、そうなのですね。とっくにしていると思っていましたわ」

「いつかすると思いますがね」

カリスト様がさらっと胸が高鳴ることを言ってくる。

確かにそうかもしれないけど……。

「同棲するなら、この家は手放すのですか？」

「売却、ですか？」

「ええ、同棲するならアマンダ様は婚約者となって、ビッセリンク侯爵家の屋敷に住まわれると思いますが」

デレシア様の言う通り、同棲するとしたらこの家には住まなくなるだろう。

ここも二人暮らしには十分な広さだが、侯爵家当主が住むのはさすがに難しい。

だけど……。

「手放すつもりはありません。ここは、いろんな思い出が詰まった家ですから」

「思い出、ですか？」

「はい」

私がカリスト様から引き抜かれて、この家を貸していただいた。

その後、私はファルロ商会で稼いだお金でこの家を買って地下室を作った。

研究ができる地下室を手放したくない、というのもあるけど……。

「カリスト様やキールさん、それにデレシア様も。いろんな方と一緒に過ごした思い出がありますから」

「なるほど……いいですわね、思い出を大事にするというのは」

「はい。それに……カリスト様からもらった家ですから、簡単に手放せませんよ」

私はカリスト様のことを見ながらニッコリと笑うと、彼は少し頬を赤く染めた。

あれ、彼が恥ずかしがるようなことを言ったかしら？

「あら……アマンダ様が惚気ましたわね。珍しいですわ」

「の、惚気てなんかいませんよ！」

「ふふっ、そうですか？　それが素なら恐ろしいですが」

まさか今のが惚気になるとは……気をつけないと。

その後、デレシア様とカリスト様は帰ることになった。

先にデレシア様の馬車が到着して、彼女が帰った。

数分後、カリスト様の方の馬車も来たのが家の窓を見てわかった。

カリスト様はコートを着て玄関に、私も見送りに行く。

「じゃあ、今日もありがとう、アマンダ」

「はい、こちらこそ楽しかったです」

「ん……アマンダ、髪に何かついているぞ」

「えっ、どこですか？」

「俺が取ろう」

カリスト様が近づいてきて、私の耳元あたりに手を伸ばした。

そして――。

「んっ⁉」

そのまま後頭部に手を添えられて引き寄せられ、唇を奪われた。

突然のことでビックリして固まってしまったけど、唇が離れてからハッとして顔が赤くなる。

「い、いきなりなんですか？」

「さっきはデレシア嬢に邪魔されたからな」

確かにあの時はデレシア様が来たからしなかったけど……！

いきなりここでしてくるのは、ズルい。

「ほ、ほら、早く馬車に行かないと、キールさんが降りてきますよ」

「ふっ、アマンダは恥ずかしがりで可愛らしいな」

「うぅ……」

「別に初めてってわけじゃないだろう？」

そう言われて、少しムッとする。

カリスト様とキスをするのは、初めてではない。

だけど……。

「キスをするのは、カリスト様が初めてですから」

下からカリスト様を少し睨むように言うと、彼は目を見開く。

そして目を覆って天を仰ぐような仕草をした。

「あー……ちょっと今のはズルいな」

「何がです？」

「可愛すぎ」

「なっ……!?」

そんなに直球で言われるとは思わず、大きな声を上げてしまった。

カリスト様は優しい笑みを見せてから、私にもう一度キスをした。

「んっ」

「ん……帰りたくないけど、そろそろ行くよ」

「は、はい」

カリスト様は名残惜しそうに私から離れて、ドアを開ける。

最後に振り返って。

「いってきます、アマンダ」

「いってらっしゃい、カリスト様」

そう挨拶をして、カリスト様は帰っていった。

私は笑顔で見送った。


ファルロ商会に引き抜かれて、数カ月。

私は錬金術師としても、一人の女性としても……幸せに暮らせている。

無能と言われた
錬金術師
～家を追い出されましたが、凄腕だとバレて侯爵様に拾われました～

✦Character Design

無能と言われた
錬金術師
～家を追い出されましたが、凄腕だとバレて侯爵様に拾われました～

無能と言われた錬金術師 ～家を追い出されましたが、凄腕だとバレて侯爵様に拾われました～ 2

2024年7月25日　初版第一刷発行

著者　shiryu
発行者　山下直久
発行　株式会社KADOKAWA
〒102-8177　東京都千代田区富士見2-13-3
0570-002-301（ナビダイヤル）
印刷・製本　株式会社広済堂ネクスト
ISBN 978-4-04-683824-7 C0093

企画　株式会社フロンティアワークス
担当編集　齊藤かれん（株式会社フロンティアワークス）
ブックデザイン　AFTERGLOW
デザインフォーマット　AFTERGLOW
イラスト　Matsuki

本シリーズは「小説家になろう」（https://syosetu.com/）初出の作品を加筆の上書籍化したものです。

竜王さまの
気まま な
異世界ライフ
最強ドラゴンは
絶対に働きたくない
よっしゃあっ!
ill. 和狸ナオ

MFブックス
MFブックス新シリーズ発売中!!